star

À contre-courant, roman
Sylvie-Catherine De Vailly

L'Amour dans la balance, roman
Sylvie-Catherine De Vailly

Le Concours Top-model, roman
Corinne De Vailly

De l'autre côté du miroir, roman
Sylvie-Catherine De Vailly

Entre elle et lui, roman
Sylvie-Catherine De Vailly

L'Exilée, roman
Héloïse Brindamour

La Grande Roue, roman
Annie Goulet

M'aimeras-tu assez ?, roman
Sylvie-Catherine De Vailly

Ma vie sans toi, roman
Sylvie-Catherine De Vailly

Pas question !, roman
Armelle Cita

Pink, roman
Sylvie-Catherine De Vailly

Star, roman
Sylvie-Catherine De Vailly

Le Tournoi, roman
Héloïse Brindamour

Trop jeune pour toi, roman
Sylvie-Catherine De Vailly

Un cœur en soie, roman
Nathalie Savaria

Une hirondelle en Amazonie, roman
Lisandra Lannes

Une histoire de gars, roman
Sylvie-Catherine De Vailly

Sylvie-Catherine De Vailly

star

TRÉCARRÉ
Une compagnie de Quebecor Media

Catalogage avant publication de Bibliothèque et Archives nationales du Québec
et Bibliothèque et Archives Canada

De Vailly L., Sylvie-Catherine, 1966-

      Star
      (Collection Intime)
      Pour les jeunes de 10 ans et plus.
      ISBN 978-2-89568-473-2
      I. Titre. II. Collection: Collection Intime.

PS8593.A526S72 2010   jC843'.54   C2010-941210-9
PS9593.A526S72 2010

Édition : Miléna Stojanac
Révision linguistique : Marie Pigeon Labrecque
Correction d'épreuves : Violaine Ducharme
Grille de la couverture : Chantal Boyer
Grille graphique intérieure : Chantal Boyer
Mise en pages : Amélie Côté
Illustration de la couverture : Géraldine Charette

Remerciements
Les Éditions du Trécarré reconnaissent l'aide financière du gouvernement du Canada par
l'entremise du Fonds du livre du Canada pour ses activités d'édition. Nous remercions le
Conseil des Arts du Canada et la Société de développement des entreprises culturelles du
Québec (SODEC) du soutien accordé à notre programme de publication. Gouvernement du
Québec – Programme de crédit d'impôt pour l'édition de livres – gestion SODEC.

Les Éditions du Trécarré
Groupe Librex inc.
Une compagnie de Quebecor Media
La Tourelle
1055, boul. René-Lévesque Est
Bureau 800
Montréal (Québec) H2L 4S5
Tél. : 514 849-5259
Téléc. : 514 849-1388
www.edtrecarre.com

Dépôt légal – Bibliothèque et Archives nationales du Québec et Bibliothèque et Archives
Canada, 2010

ISBN : 978-2-89568-473-2

Distribution au Canada
Messageries ADP
2315, rue de la Province
Longueuil (Québec) J4G 1G4
Téléphone : 450 640-1234
Sans frais : 1 800 771-3022
www.messageries-adp.com

Diffusion hors Canada
Interforum
Immeuble Paryseine
3, allée de la Seine
F-94854 Ivry-sur-Seine Cedex
Tél. : 33 (0)1 49 59 10 10
www.interforum.fr

À Fadia, Jade, Loralie et Ariane,
Roxane B. et Clara L.,
parce que vos rêves sont à votre portée
et à la mesure de votre volonté
de les voir se réaliser.

Merci à Nancy Dumais,
cette brillante artiste de chez nous.

CHAPITRE I

Les *flashs* des appareils photo scintillaient comme les milliers de paillettes d'une robe de soirée. L'ambiance avait quelque chose de hollywoodien, de spectaculaire et de grandiose. Quelque chose d'irréel et de démesuré, de magique.

La scène se déroulait dans un hôtel chic de New York, dans une salle décorée avec faste et raffinement. Des lustres imposants à pampilles de cristal, ressemblant à de véritables cascades de diamants, pendaient du plafond et des tableaux de maîtres richement encadrés habillaient les murs tendus de soie. La jeune femme souriait à tout un chacun, pleine de spontanéité, comme si la situation était normale, tout à fait naturelle. Elle prenait la pose et mimait des expressions de ravissement avec une authenticité enviable.

Elle était magnifique avec ses longs cheveux noirs lissés, sa frange élégante et son visage parfait. Ses yeux verts savamment soulignés de noir et d'ombres exprimaient la joie de vivre, et ses lèvres charnues rehaussées de rose s'ouvraient sur une rangée de dents parfaitement alignées, d'une blancheur irréprochable. Son teint ivoire, très souvent louangé dans les magazines de cosmétiques et de mode, était tout simplement impeccable. Grande et mince, elle avait la silhouette d'un mannequin international. D'ailleurs, sa présence dans les grands défilés était devenue courante et la star était toujours au fait des dernières tendances. Non, non ! Pas au fait de la dernière mode : en réalité, elle en décidait. Elle ÉTAIT la mode, LA référence dans le domaine, toujours à l'avant-garde de ce qui allait se porter. Elle créait la nouveauté. La star était l'égérie de quelques couturiers en vogue. Une véritable beauté. Une icône pour les jeunes et les moins jeunes. Julia était la vedette mondiale à qui toutes les jeunes filles rêvaient de ressembler et qu'elles imitaient en reprenant ses gestes, ses poses et ses expressions dans l'intimité de leur chambre.

Elle souriait, charmante et attentive aux demandes des photographes et des journalistes. Répondait aux questions sans jamais se lasser, signant même au passage des autographes personnalisés à l'ensemble des admirateurs qui s'attachaient à chacun de ses pas.

Julia était une star et se comportait comme telle, mais ne jouait pas les divas, qu'elle avait en horreur. Les caprices, ce n'était pas pour elle : elle agissait en professionnelle.

Reconnaissante de se trouver là, au sommet, image parfaite de la réussite, la star n'oubliait jamais d'où elle venait et tous les efforts qu'elle avait investis pour réaliser ses rêves. L'ascension n'avait pas été facile et c'est pour cela qu'elle prenait le temps de répondre aux journalistes, aux photographes et à ses admirateurs, car elle savait qu'ils étaient aussi responsables de son succès.

On ne devient pas la meilleure en se croisant les bras, sa mère le lui avait souvent répété : « La pensée magique, ça n'existe pas ! Tu dois travailler si tu veux concrétiser tes rêves. Il n'y a que tes actes au quotidien qui te mèneront à eux. Un pas à la fois, tu graviras la montagne. »

Et c'était ce qu'elle avait fait avec l'acharnement de ceux qui veulent atteindre les sommets. Selon le magazine *Rolling Stone*, à seize ans, Julia était devenue la plus grande chanteuse de sa décennie. Plus populaire encore que Britney Spears ou Beyoncé et d'autres chanteuses à la mode.

Julia maîtrisait son art et ce n'était que la pointe de l'iceberg. Déjà, elle recevait des propositions pour faire ses débuts au cinéma. On lui présentait des premiers rôles sans même savoir si elle avait le talent pour les incarner. Mais le talent, elle l'avait assurément, car Julia était une artiste dans tous les sens du terme. Elle savait chanter, danser et certainement jouer.

— Julia… entendit la jeune femme.

Elle tourna la tête vers un photographe, d'où lui semblait venir l'appel.

Soudain, dans l'immense salle où avait lieu cette rencontre, quelque chose capta son attention. Devant ses yeux, l'image se modifia, vacilla pour enfin devenir complètement floue. Tout se mit à tourner autour d'elle et, tranquillement, les photographes parurent se dissiper pour finalement disparaître, les *flashs* s'éteignirent et la foule disparut, elle aussi. Dans un lointain écho, elle entendit encore son prénom.

— Julia…

La voix était celle d'une femme, et elle ne lui était pas inconnue. Mais la star ne distinguait plus rien ; elle était seule au milieu de nulle part. La jeune chanteuse fit un tour sur elle-même, désorientée. Trois petits coups répétés, frappés à une cloison non loin d'elle, finirent par la dérouter totalement, au point de lui faire perdre l'équilibre. Désemparée, elle ne savait plus où elle se trouvait. Son monde s'évanouissait et quelque chose de désagréable, une vilaine sensation s'infiltrait dans son être tout entier et prenait toute la place.

— Julia… l'appelait toujours cette voix familière.

—Julia… ma chérie, tu vas être en retard pour l'école, entendis-je alors de derrière une porte.

Je clignai plusieurs fois des paupières, réalisant soudain que je me trouvais dans ma chambre, chez moi, dans ma modeste maison et non dans la salle de réception d'un prestigieux hôtel new-yorkais.

Au même moment, la porte s'ouvrit pour laisser apparaître une femme d'une quarantaine d'années, les cheveux enroulés autour de trois énormes bigoudis : ma mère !

— Encore en train de rêver tout éveillée ! lança-t-elle en secouant doucement la tête de gauche à droite, un demi-sourire aux lèvres.

Sans attendre de réponse, elle ramassa mon blouson de jeans et me le tendit.

—Allez… ouste, file ! Tu n'as pas une seconde à perdre. À l'école !… Et surtout, concentre-toi, s'il te plaît.

D'un geste automatique, je pris le vêtement, mais elle le retint un instant, comme pour capter un peu plus mon attention. Elle ajouta :

— Julia ! Cesse de rêvasser pendant les cours, j'en ai assez de signer les billets que tes professeurs m'envoient jour après jour, semaine après semaine… L'école, c'est l'école, et ton boulot à toi, c'est d'y réussir pendant que tu t'y trouves. Lorsque tu reviens à la maison, tu peux te permettre de rêver comme tu le veux… je ne t'en ai jamais empêchée, mais durant les heures de classe, c'est différent.

Encore hébétée par mon soudain retour à la réalité et agissant de façon mécanique, je saisis mon sac à bandoulière qui traînait dans un coin de ma chambre. Je sortis sous le regard réprobateur mais rempli de tendresse de ma mère.

— Julia ?

— Oui, oui, j'ai compris…

Voilà !

C'était mon rêve dans toute sa splendeur, dans toute sa grandeur. Vous l'aurez deviné, je veux devenir une star. Une idole de la chanson. Pas une de ces starlettes que l'on aura vite oubliées l'année suivante, non, une vraie vedette, de celles qui demeurent pour l'éternité. L'icône d'une génération comme Madonna ou Cher, de celles qui restent malgré les modes, et surtout, de celles qui s'adaptent avec intelligence et savoir-faire. Je compte atteindre les sommets et y rester.

Bon, bon, je vous entends vous moquer. Je ne suis pas totalement idiote, je sais pertinemment que la chose n'est pas aussi simple, et qu'il ne suffit pas d'en rêver pour la voir se réaliser. Je sais que mon objectif est presque irréalisable, mais il y a ce « presque », cet adverbe qui contient à lui seul bien des possibilités et qui me porte alors à croire que je peux espérer.

C'est là mon but, ce à quoi j'aspire le plus au monde et, pour y parvenir, je suis prête à de grands sacrifices... surtout s'ils impliquent ma petite sœur !

OK ! Je blague... Quoique...

Je ne m'étalerai pas tout de suite sur le cas de Béatrice, ma sœur, mais j'y reviendrai plus tard. Tout un numéro !

Lorsque je sortis de la maison ce matin-là, l'autobus scolaire s'arrêtait déjà au coin de la rue. J'étais presque en retard. J'eus juste le temps de m'élancer dans sa direction pour que le chauffeur m'aperçoive dans son rétroviseur et m'attende.

À peine trois minutes après ma rencontre avec les journalistes du monde entier, je me laissais choir sur l'une des banquettes de vinyle rouge de l'autobus scolaire numéro 207, en poussant un profond soupir.

Chaque fois, la banalité de mon existence me frappait de plein fouet et cela me faisait toujours souffrir. Je ne m'y habituais pas. Une grande tristesse m'envahissait, car ma réalité était très, très, très loin, mais très loin de mes rêves. Comment pourrais-je atteindre mon idéal en demeurant ici, dans ce bled perdu, à plus de trois quarts d'heure de Montréal? Le bout du monde. J'avais carrément l'impression de vivre sur une autre planète, dans un lointain système solaire. L'écart était si grand qu'il me semblait presque infranchissable. Comment passe-t-on d'une galaxie à une autre?

— De ces verts pâturages à New York? Pfff!!! murmurai-je pour moi-même.

— Quoi? me demanda alors Justine, ma voisine qui fourre toujours son nez dans mes affaires.

Elle n'est pas méchante, mais elle et moi n'avons ab-so-lu-ment rien, mais rien en commun. Elle me voue un véritable culte, cherche toujours à me parler et acquiesce à tout ce que je dis, et ça me tombe littéralement sur les nerfs.

Justine veut devenir agronome. A-GRO-NO-ME… Hé, wowww! Pour faire pousser des pommes de terre sur une planète qui n'appartient même pas au système solaire où je souhaite, moi, exister!!!

Cette réflexion me fit sourire, me confirmant que nous étions à des années-lumière l'une de l'autre!

— Rien, je pense à voix haute.

— À quoi?

— Ça ne te regarde pas, Justine, OK?

Ma voisine détourna la tête sans rien dire. Je savais que je venais de lui faire de la peine et qu'elle ne souhaitait que devenir mon amie. Elle ne désirait que mon bien, mais je n'avais pas envie de devenir sa *best friend*.

Justine et moi sommes voisines depuis notre naissance et, depuis nos premiers pas, elle me talonne. Elle a toujours eu le don de me porter sur les nerfs. Même si ma mère me rebat les oreilles de sa grande gentillesse, je n'en ai rien à faire, moi, qu'elle soit « fine » !

Je ne veux pas d'une amie qui m'admire et qui approuve tout ce que je dis ; je n'ai pas besoin qu'on me suive comme un chien-chien. Mes amis doivent être libres de penser et d'agir à leur guise, même si leurs opinions diffèrent des miennes.

Je n'exige pas de mes amis qu'ils m'aiment de façon inconditionnelle, mais plutôt qu'ils me fassent réfléchir, avancer et qu'ils m'ouvrent l'esprit. De toute façon, des amis, j'en ai, je n'en cherche pas d'autres. Je vous les présenterai plus tard.

Et puis là, en réalité, elle me dérangeait… comme toujours, en fait ! Je devais tranquillement réintégrer ce monde ordinaire qui est le mien. Déjà, la chose n'était pas facile et voilà qu'elle me harcelait de questions. OK ! J'avoue, j'ai quelques remords, elle n'est pas méchante, mais bon… elle m'énerve !

Mon regard fut attiré par le scintillement des rayons du soleil sur les gouttelettes de rosée qui recouvraient les arbres et les plantes. Cela me replongea un instant dans mon rêve, où les *flashs* des photographes brillaient dans ma direction, tandis que je me déhanchais dans ma magnifique robe longue à paillettes de couleur violette.

Bon, dans mon rêve, j'ai triché un peu sur la longueur de mes cheveux, ils ne sont pas aussi longs, en réalité. Mais je les laisse pousser depuis deux ans maintenant et ils m'arrivent déjà aux omoplates. Par contre, depuis que je suis toute petite, j'ai bel et bien une frange, qui encadre mon visage et le met bien en évidence. Mes yeux sont réellement verts, d'un vert pâle que mes cils noirs soulignent comme un trait de crayon, et mes lèvres sont assez charnues. Je suis plutôt jolie dans l'ensemble, bien que j'aie des problèmes de peau.

Ma mère et ma dermatologue me disent que c'est normal et qu'à la fin de l'adolescence, ça devrait disparaître. En attendant, je dois m'appliquer quotidiennement sur le visage une série de crèmes. Et si, par malheur, je néglige une journée de m'en badigeonner la face, je me retrouve le lendemain marquée par cet im-par-don-na-ble oubli !!!

Mais cela ne m'inquiète pas outre mesure, car je sais que lorsque je serai célèbre, j'aurai pour moi les meilleurs spécialistes dans le domaine, comme toutes les stars ! Les meilleurs coiffeurs, les meilleurs dermatologues, les meilleurs stylistes, les meilleurs maquilleurs, enfin, tous ces gens qui entourent et dorlotent les vedettes pour en faire des merveilles.

L'autobus s'arrêta net au passage à niveau, ce qui me tira de mes pensées. Ce court arrêt servait à voir si un train n'allait pas nous couper en deux. Cette précaution me faisait toujours sourire. Comme si nos trains pouvaient atteindre la vitesse d'un TGV! L'autobus avait le temps de passer et de repasser trois fois avant que notre « train à grande vitesse » n'arrive. Et lorsqu'il y en avait un qui passait, généralement, c'était une simple locomotive qui remontait paresseusement les rails, sans trop avoir l'air de savoir où aller et quoi faire!

Mon école se trouve dans le village d'à côté, à une quinzaine de minutes de chez moi, exactement le temps qu'il me faut pour réintégrer ma réalité, presque chaque matin. Et cette réalité est celle d'une adolescente « normale » qui va dans une école tout aussi « normale », et qui pratique la natation en activité parascolaire ainsi que le chant. Rien de bien exceptionnel, comme vous le voyez. Mais tout ça, c'est en attendant de pouvoir saisir l'occasion de réaliser... mon rêve! Je me prépare à ce jour comme d'autres attendent le grand amour. Je sais au fond de moi qu'il viendra, qu'il se présentera à moi. J'ai toujours été profondément convaincue que je serai quelqu'un de connu. J'ignore encore comment je parviendrai à cette « condition », mais je sais que le moyen se manifestera.

Pour l'instant, je passe le temps en allant à l'école, parce que, comme le dit ma mère, au moins, j'y apprends quelque chose. Elle me répète souvent que je ne dois pas devenir une de ces chanteuses idiotes qui n'ont rien à dire et qu'il me faut donc nourrir mon esprit afin de répondre intelligemment aux journalistes.

Bon, OK. Je sais que ma mère se sert de cet argument pour m'encourager à réussir mes études. Je peux vous avouer, en aparté, que malgré ce prétexte — disons-le, un peu tiré par les cheveux —, je pense qu'elle n'a pas tout à fait tort. Je devrai être en mesure de répondre adéquatement aux questions qui me seront posées.

En fait, je n'envisage même pas que mes études puissent être utiles si jamais mon rêve ne se réalise pas, car pour moi, cette éventualité est im-pen-sa-ble.

À part l'école et la natation, comme je vous l'ai dit, je suis également des cours de chant chez Mme Gariépy. On ne peut pas dire qu'elle est très qualifiée pour ça, mais elle dirige la chorale du village d'à côté et c'est elle qui s'y connaît le plus dans les environs. Assise à son piano, elle me fait répéter des gammes durant une heure tous les lundis, mercredis et vendredis. Je n'apprends rien de plus, mais ça me donne l'impression de faire quelque chose, de ne pas perdre mon temps. Sinon, j'exerce ma voix tous les jours et je reproduis les chorégraphies de mes chanteuses préférées devant le miroir de ma chambre. Je fais ces exercices quotidiennement, car je sais que je dois entretenir ma forme et ma voix, et que le métier de chanteuse est très exigeant.

J'ai lu ça un jour dans un des magazines à potins de ma mère. Une chanteuse connue affirmait que chanter et être de longues heures sur scène demandaient énormément d'énergie et qu'il fallait être en grande forme.

Aussitôt, je m'étais mise à la natation, au grand étonnement de toute ma famille. Je n'avais jamais démontré le moindre intérêt pour le sport et voilà que, trois fois par semaine, je me démenais dans une piscine à faire des longueurs. Bon, je dois admettre que j'apprécie aussi le résultat lorsque je me regarde dans le miroir.

Je vous ai un peu parlé de ma mère, Chantal, et je vous ai glissé un mot sur ma tannante de sœur, Béatrice, que vous découvrirez davantage très bientôt, mais pas encore de mon père, Michel. Normal, il nous a quittées à la naissance de Béa. Nous le voyons de temps en temps, mais pas très souvent. Il demeure sur la Rive-Sud, à Belœil, où il a refait sa vie et, depuis trois ans, j'ai deux demi-frères, des jumeaux. Ils sont adorables, de vrais anges, pas comme ma chère sœur ! Voilà, pour le moment, toute ma famille et ce qu'il y a à savoir à son sujet. Michel ignore tout de mes rêves, mais c'est sûr, un jour, lorsque l'occasion se présentera, je lui en parlerai. Je suis certaine qu'il m'appuiera, car ma mère m'a déjà dit qu'il y a de cela bien des années, mon père avait fait partie d'un groupe de musique, alors qu'il n'était encore qu'un étudiant. Il jouait de la basse et chantait, paraît-il.

Je me demande si je parlerai de ça dans mes entrevues. Devrai-je étaler ma vie privée ? Si je ne le fais pas, ils finiront bien par la découvrir… Hum ! Nous verrons ça plus tard.

Ballottée par l'autobus, je dus quitter mes songes, car déjà se dessinait au loin l'horrible silhouette de béton de l'école où je vais. À contrecœur, je mis de côté mon rêve de star pour revenir à ma banale réalité d'étudiante.

CHAPITRE 2

Ma journée se déroula au même rythme que les précédentes et assurément celles qui suivaient : sans grande nouveauté, sans la moindre surprise ni la plus petite excitation. Les profs étaient… eh bien, des profs ! Il n'y a rien à dire sur eux, ils furent égaux à eux-mêmes. Certains sont assez bons pour capter notre attention pendant tout un cours et d'autres sont à ce point mauvais que les heures passées en leur compagnie équivalent à un profond et mortel ennui. Il n'est pas donné à tout le monde d'être intéressant, croyez-moi.

De ce côté donc, il n'y avait rien de nouveau sous le soleil, comme on dit (j'ai entendu ça un jour dans un film français !).

Et enfin, il y avait mes amis qui étaient, eux aussi, toujours les mêmes, à la différence peut-être qu'ils sont intéressants. Évidemment, ce sont mes amis !!!

Notre fabuleuse petite bande se compose de trois filles (Sara, Geneviève et moi) et de deux gars (Marc-Olivier et Kevin). Depuis l'école primaire, nous sommes presque toujours ensemble. À part Sara (sans h, je précise, car elle y tient beaucoup!), qui a déménagé dans la région voilà deux ans seulement. Originaire de Montréal, du Plateau-Mont-Royal plus précisément, il lui a fallu du temps pour s'habituer à la campagne qu'elle trouvait, disait-elle, trop vaste.

Je me demande très souvent si elle s'est réellement adaptée à sa nouvelle vie, car elle ne cesse de nous rebattre les oreilles d'histoires de son existence d'« avant les grands pâturages », comme elle se plaît à nous le dire.

Elle passe le plus clair de son temps à souligner les différences entre notre petit village et la faune éclectique du Plateau, comme si l'on pouvait comparer les deux endroits. Impossible! D'aucune façon. En réalité, elle nous en parle si souvent que, la plupart du temps, elle nous tombe carrément sur les nerfs. Mais bon, c'est notre amie. Son rêve à elle est de retourner vivre là-bas dès qu'elle sera en âge de quitter la demeure familiale.

Je connais assez bien ce secteur prisé de Montréal, puisque j'y vais très souvent, presque tous les week-ends, en fait. Mes parents y ont vécu leur jeunesse et une partie de leur âge adulte, jusqu'au jour où ils ont décidé de venir s'installer ici. Leurs amis habitent toujours dans ce quartier branché, ainsi que le frère de ma mère, qui possède un loft totalement démentiel. J'en rêve.

Bon, mis à part ses intentions quant à son lieu de résidence, mon amie caresse également une autre ambition : celle de devenir journaliste enquêteur. Et je pense très honnêtement qu'elle possède tout à fait les aptitudes pour y arriver. Elle est constamment à l'affût des événements et rien de ce qui se passe dans le monde ne lui échappe. Elle est toujours au courant de tout. Une vraie fouine. Quand elle veut savoir quelque chose, elle ne lâche pas le morceau et, généralement, elle parvient à ses fins. Elle sait tout et connaît tout, un vrai guichet de renseignements. Je suis certaine qu'un jour elle retournera vivre sur son Plateau et qu'elle sera une grande journaliste. Ça ne fait aucun doute dans mon esprit. Voilà pour Sara.

La troisième fille de notre cercle est Geneviève. Gen, pour les intimes. Grande, très jolie et romantique à l'extrême, Gen rêve, elle, de se marier, d'avoir des enfants et de posséder sa propre garderie à domicile. Native comme moi de la région, c'est la seule de la bande qui ne souhaite pas quitter notre coin de campagne. Elle est heureuse ici et j'envie très souvent son bonheur, car son rêve à elle est à sa portée. Elle ne court pas après quelque chose d'inaccessible, son aspiration est simple et presque palpable. Je m'incline d'admiration devant la simplicité de ses espoirs, je les trouve sains. Entre nous, je crois très sincèrement que Geneviève est la plus réaliste de nous cinq. Elle ne se raconte pas d'histoires fantastiques et ne rêve pas d'un ailleurs meilleur. C'est certainement ce qui fait qu'elle semble plus sereine que les autres, moi comprise. Mais, bien que j'admire son rêve, c'est loin d'être le mien ! Voilà pour les filles.

Aux garçons maintenant. Commençons par Marc-Olivier. Mo, pour les intimes. Personnage haut en couleur. Il est né la même journée que moi, dans le même hôpital et nous avons donc partagé la même pouponnière. J'ignore pourquoi, mais il semble croire que cela lui confère un droit qui repose sur... je ne sais trop quoi, en réalité. Ne me demandez pas quels sont ses intérêts ou ses motifs, mais il agit envers moi comme un frère, et même plus que cela, car il est très, très, très protecteur. Trop! Dès que j'ai un copain, il faut qu'il nous tourne autour, il est toujours partout. Où que j'aille avec mon amoureux, je le trouve sur mon chemin, comme par hasard, assis deux rangées de sièges plus loin dans la même salle de cinéma que nous, ou encore, dans le même restaurant, à la table d'à côté. Il est à ce point envahissant qu'un jour, se sentant de trop, mon dernier copain a fini par me dire que ça n'allait pas entre nous et qu'il valait peut-être mieux rester amis!!!

Mais oui, bien sûr, restons amis... grrrr!!! C'est tellement nul comme fin d'histoire, je n'y crois pas! On reste amis quand il n'y a pas de sentiments amoureux, plus d'attirance, quand la séparation est devenue une évidence pour les deux, presque une délivrance, sinon c'est impossible. Pour l'avoir vu maintes fois dans des films, je crois que l'amitié survit difficilement quand deux personnes ont été ensemble, surtout si l'un des deux est toujours amoureux. Bon, OK! J'avoue que je n'étais pas vraiment amoureuse de mon dernier copain, mais quand même assez attachée pour ne pas souhaiter être juste une « amie »! C'est trop moche. Quoi qu'il en soit et pour revenir à ce cher Marc-Olivier, je suis célibataire à cause de lui.

Une petite anecdote pour vous montrer à quel point mon ami peut être casse-pieds : mon « protecteur » est allé jusqu'à dire à mon ex qu'il devait bien se tenir avec moi, car il l'avait à l'œil !!!

Imaginez, la hon-te !!!

Après cette histoire, une bonne engueulade et quelques explications plutôt incohérentes, je me suis retrouvée encore une fois sans amoureux. Marc-Olivier reprit alors sa place et redevint lui-même.

Mo, quand vas-tu cesser de te mêler de ma vie ?

Bon, j'admets que jusqu'ici, ça ne m'a jamais véritablement dérangée, car je n'étais pas formellement et officiellement amoureuse de ces gars, mais qu'importe ! C'est ma vie, pas la sienne ! Il n'a pas à s'en mêler. Je sens que le jour où je vais rencontrer celui avec qui ça va vraiment cliquer, je ne pourrai plus supporter l'attitude de Marc-Olivier, qui pourrait même devenir problématique. Là, je devrai avoir une sérieuse conversation avec lui. Bien que j'en aie déjà eu plusieurs. En attendant, eh bien, je le laisse faire, même si je trouve ça nul. J'ignore pourquoi. Il faudra qu'un jour, j'aille au fond de cette histoire.

Mo, je te déteste tout autant que je t'aime (soupir).

Et pour compléter ce charmant tableau, il y a Kevin. Kevin est plutôt réservé et il parle peu. Mais cela ne signifie pas qu'il n'a pas de caractère ou qu'il n'a rien à dire, bien au contraire. Sara et lui discutent parfois pendant des heures de sujets qui nous font bâiller ! Il a des opinions sur beaucoup de questions d'actualité et n'hésite pas à les exprimer, mais il ne parle pas pour ne rien dire. Il est très réfléchi comme gars, et je suis toujours étonnée de voir à quel point cette qualité plaît aux filles. Il a bien du succès auprès d'elles, même si, étrangement, lui, ne semble pas les voir. Bon, il faut dire aussi que Kevin est plutôt mignon avec ses cheveux presque noirs et ses yeux pers. C'est un Amérindien, dont la grand-mère était blanche. Ce qui est craquant chez lui, ce sont ces éternelles pommettes rouges, qui lui donnent un air timide, même s'il ne l'est pas. Je trouve surprenant qu'il ne soit jamais sorti avec une fille. Mo a souvent des copines, du moins c'est ce qu'il dit, car je ne lui connais pas beaucoup de petites amies, mais

Kevin remarque à peine les filles. Et pourtant, plusieurs lui tournent autour. Je ne sais même pas s'il en a déjà embrassé une ! Bien que nous soyons de très bons amis, il n'en parle pas. Je crois que c'est parce qu'il juge qu'il n'y a rien à dire sur le sujet et l'on respecte son silence au sein de notre petite bande. Nous nous connaissons depuis si longtemps qu'il y a des ententes tacites entre nous qui existent naturellement.

Son rêve à lui, ce qui le fait vibrer et qui l'enthousiasme : la médecine. Il veut devenir médecin et parcourir le monde avec un groupe humanitaire comme Médecins sans frontières. Et d'après moi, il a les aptitudes pour le faire. Il a l'âme d'un missionnaire, tout en étant très solitaire. Et je crois que pour être en mesure de partir ainsi au bout du monde, sans jamais avoir de lieu de résidence fixe, pour accepter de changer constamment d'endroit, et donc de ne jamais vraiment établir de liens durables avec les autres, il faut aimer la solitude. Et Kevin est tout à fait comme ça. Il est presque toujours avec nous, mais il lui arrive parfois de demeurer à l'écart quelque temps. Il est ainsi. Nous avons appris à le connaître et à respecter ses humeurs taciturnes. La plus grande qualité de Kevin, c'est sa capacité d'être là quand on a besoin de lui, et cela, peu importe la raison. Il est toujours disponible pour ses amis, il est dévoué. Encore un attribut d'une âme de missionnaire, comme je lui dis souvent.

Voilà en quelques lignes les principaux acteurs jouant un rôle important dans ma vie. J'espère très sincèrement qu'ils demeureront à mes côtés très, très, très longtemps, même lorsque je serai une vedette internationale. Ils connaissent mes projets et je trouve auprès d'eux beaucoup d'encouragements. Ce que j'aime par-dessus tout de notre petite bande, c'est le profond respect que nous avons les uns pour les autres par rapport à nos rêves et à ce que nous sommes. Bon, malgré Mo qui se mêle un peu trop de ma vie! Voilà, j'arrête là avant de devenir ennuyeuse et mélodramatique.

Donc, pour en revenir à ma journée, elle s'était déroulée comme toutes les autres, sans rien de particulier ni même d'anecdotique. Une journée tout ce qu'il y avait de plus ordinaire. Même à la cafétéria, on nous avait encore servi le sempiternel pâté chinois, que la direction avait rebaptisé depuis quelques mois maintenant le « hachis Parmentier » !!! Cette nouvelle appellation semblait plus raffinée et mieux adaptée à la réforme dans les écoles pour contrer la malbouffe. Pfff!... C'était n'importe quoi! Ils avaient changé tous les noms du menu, mais les plats demeuraient les mêmes. Ainsi, on ne disait plus une pizza, mais une pâte levée italienne et ses accompagnements!!! Ouep! Mais, attention, cette pâte levée était faite de farine de blé non blanchie. Tout un changement!!!

Sara nous avait alors expliqué que le hachis Parmentier était un plat d'origine française composé de purée de pommes de terre et de viande hachée, et que le pâté chinois était certainement une version revisitée de ce mets auquel, nous, Québécois, avions ajouté du maïs. Selon Sara, on ignorait exactement la provenance de cette recette et son histoire, mais apparemment, elle avait également son pendant en Angleterre avec le *shepherd's pie*. Plusieurs théories existaient sur la naissance de ce plat, mais même si son lieu d'origine restait inconnu, il n'était pas sorcier de comprendre en examinant les ingrédients du pâté chinois que celui-ci n'avait rien de chinois. Bref, le mystère demeure entier autour de ce plat typiquement de chez nous! Quand je vous dis que Sara est au courant de tout. Elle nous avait même confié qu'un livre avait été écrit sur le sujet ! Je me suis demandé pendant un instant ce que pouvait avoir à raconter un auteur sur le pâté chinois, y avait-il là sujet à faire un livre ? La question me titillait. Je décidai donc de passer à la bibliothèque municipale pour me procurer le livre, dès que l'occasion se présenterait. Cette histoire avait piqué ma curiosité.

Bon, comme je le disais, la journée avait été identique aux autres, aussi ennuyeuse et totalement dépourvue d'intérêt. À seize heures, je remontais à bord du même autobus qui m'avait prise le matin, pour rentrer chez moi. Je n'étais pas dans le même bus que mes amis, car ils empruntaient un circuit différent, tout ça parce que j'habitais une rue plus loin. Comme quoi, la vie peut parfois être bien mal foutue ! Jean-Guy, notre chauffeur, me salua d'un léger signe de tête et je retrouvai alors cette odeur familière qui caractérisait le 207, toujours la même depuis que j'allais au secondaire. Un mélange de vinyle, d'humidité et de je ne sais quoi encore, un parfum indéfinissable dont je préfère ignorer la source.

Le chemin du retour se fit normalement, sans incident particulier, mis à part un arrêt brusque du bus, qui freina d'un coup sec au passage inopiné d'un chat. Ma journée était d'une banalité as-som-man-te.

Ce ne fut que lorsque j'entrai dans la maison que je ressentis quelque chose de différent, mon estomac se noua sans que je sache pourquoi. Je me sentais soudain plus fébrile, comme si j'appréhendais quelque chose. Je regardai autour de moi, mais tout était à sa place. Je haussai les épaules.

— C'est toi ? hurla ma mère de la cuisine.

— Oui ! répondis-je en me dirigeant vers le cœur de la maison.

C'est connu, les cuisines, c'est là que tout se passe !

Chantal était en train de préparer des muffins aux bananes. Depuis cinq jours, elle ne cessait de nous dire qu'il fallait faire quelque chose avec ces fichues bananes qui viraient à chaque instant un peu plus au noir. Des drosophiles avaient envahi la cuisine et, heureusement pour notre survie, Chantal s'était enfin occupée du problème ! Plus de bananes pourries, plus de mouches à fruits !!!

Ses muffins sont tellement… excellents ! Ma mère n'ajoute pas de vulgaires pépites de chocolat, non, elle achète des chocolats de qualité (noir et au lait, parfois aux noisettes) qu'elle coupe elle-même au couteau, ainsi on trouve dans chaque bouchée de gros morceaux de ce délice aztèque. Et elle remplace la crème sure par du yogourt à la vanille. Ces quelques détails font que ces simples muffins deviennent de la fine pâtisserie. C'est tout à fait ma mère d'intégrer le petit ingrédient qui va faire d'un plat ordinaire quelque chose de raffiné.

— Comment a été ta journée ? me demanda-t-elle sans lever les yeux de sa préparation.

— Plus plate que celle d'hier et probablement moins que celle de demain ! lui répondis-je en étirant le bras vers le réfrigérateur pour en sortir le bidon de lait.

— Voyons, Julia ! lança-t-elle en relevant soudainement la tête pour me regarder.

Ses yeux étaient légèrement rieurs et je voyais très bien qu'elle tentait de réprimer son amusement pour ne pas donner de valeur à ce que je venais de dire.

— Bon, je te l'accorde, l'école n'est pas toujours ce qu'il y a de plus excitant, mais tu as la chance d'avoir tes amis avec toi et puis… tu apprends ! Tu verras lorsque tu seras plus vieille, tu te rappelleras ces moments avec nostalgie, crois-moi.

J'arquai le sourcil droit pour lui signifier que j'avais de sérieux doutes sur ce qu'elle affirmait.

— Je bois à ma nostalgie future ! dis-je enfin, en levant le bidon de lait à la hauteur de nos yeux.

— Bon, OK, OK ! Je parle comme une vieille qui ressasse son passé, mais tu verras, un jour tu te souviendras de mes paroles…

Ma mère désigna de son index enfariné l'un des moules à muffins resté sur le comptoir à côté de moi. J'ignore comment elle fait, mais Chantal a toujours de la farine partout lorsqu'elle cuisine, à croire qu'elle se roule dedans. En regardant ses mains, je me demandai comment elles pouvaient être recouvertes de farine alors que, normalement, elles ne touchaient pas le mélange lorsque ma mère faisait des cakes. Après tout, elle ne préparait pas des brioches. Je chassai cette question de mon esprit et lui tendis le moule, plongeant du même coup mon doigt dans le mélange encore cru. D'un rapide coup de la main, ma mère me chassa du bol.

— Lorsqu'on a ton âge, on se figure que l'école est une entrave au plaisir et à la liberté, mais tu verras qu'il n'en est rien, bien au contraire. Quand tu seras sur le marché du travail, submergée de responsabilités qui te prennent tout ton temps et ton énergie, tu comprendras ce qu'est réellement le manque de liberté.

Je répondis à ma mère par une moue. Que pouvais-je répliquer à cela ? Je savais bien qu'elle avait raison, je n'étais pas complètement stupide, mais il était hors de question que je le reconnaisse. C'était mon droit fondamental d'adolescente de ne pas approuver les commentaires de mes parents et surtout de ne pas leur donner raison ! Cette réflexion me fit sourire.

Les parents pensent toujours qu'on est incapables d'imaginer une vie en dehors de l'école et de notre univers immédiat et qu'ils doivent constamment nous expliquer les choses comme lorsqu'on était enfants. On ne dit peut-être rien, mais on les observe suffisamment pour avoir une bonne idée de ce que sera notre vie future. Après tout, ce sont eux nos modèles. Ils semblent oublier qu'ils ont été adolescents, eux aussi. Parfois, par contre, lorsque je regarde Chantal et malgré le fait qu'elle est assez cool, j'ai du mal à l'imaginer à quinze, seize ans. Je me demande très souvent en observant certains parents autour de moi s'ils ont déjà été jeunes. Ils ont l'air si… « parents », comme s'ils l'avaient toujours été !!!

Chantal semblait attendre que je lui réponde, mais je n'avais rien à ajouter. Pour toute réplique, je m'armai d'une petite cuillère que j'enfonçai aussitôt dans son mélange à muffins. Ma mère plissa le front en signe de réprobation.

— Va voir dans la salle à manger, j'ai découpé quelque chose pour toi, je crois que ça va t'intéresser ! me lança-t-elle pour faire diversion et m'éloigner sans trop de subtilité de sa préparation.

Je ne sais pas s'il en va de même pour vous, mais moi, j'adore le mélange à gâteau ou à muffins cru, même si ma mère me répète constamment que c'est mauvais pour l'estomac ! J'ignore si c'est vrai ou non, mais ce que je sais, par contre, c'est que c'est bon !

Je léchai l'ustensile avec gourmandise en quittant lentement la cuisine, le sourire accroché aux lèvres. Je me sentais particulièrement bien. Je me sentais flotter tout en me questionnant quand même sur les raisons de ma bonne humeur soudaine. Qu'est-ce qui me rendait dans cet état ? Le mélange à muffins ???

Je m'aperçus alors que ce que j'avais éprouvé en entrant dans la maison était encore très présent. Comme si mon instinct m'avertissait de quelque chose, me prévenait. Je me trouvais à seulement quelques pas de la table de la salle à manger lorsque je vis la page de journal. Elle était en plein milieu de la table, comme si ma mère avait cherché à la mettre bien en évidence, comme quelque chose d'important.

Je me rappellerai toute ma vie cet instant et ce que je ressentis alors. Les lettres se détachaient du papier pour venir me chercher par la main. Sans même avoir lu le titre, je savais de quoi il était question, comme si j'avais toujours connu ce moment. Comme si je l'avais déjà vécu. Une impression de déjà-vu, parce que mille fois imaginé.

La première chaîne de télévision nationale, Radio-Canada, est fière de lancer son nouveau concours :

DEVIENS UNE STAR
avec
Roméo & Juliette

Que tu danses, chantes ou joues la comédie, cette chance unique de faire valoir ton talent exceptionnel est pour toi.

Inscris-toi dès maintenant et peut-être verras-tu ton nom briller en haut de l'affiche !

Selon les catégories, un ou plusieurs participants seront retenus pour les rôles de la comédie musicale *Roméo et Juliette* qui sera présentée en avril prochain.

Ce concours s'adresse aux jeunes de quatorze à dix-huit ans.

Les auditions se tiendront à Québec, Montréal, Rimouski, Alma, Sherbrooke et Trois-Rivières.

Tente ta chance !

CHAPITRE 3

❧

Mon cœur battait la chamade, j'avais l'impression de voler, de me retrouver dans un de mes rêves. Je relus l'annonce une deuxième, puis une troisième fois pour être bien certaine que je n'avais pas tout imaginé. Mais c'était on ne peut plus réel, ce concours s'adressait bien aux adolescents et il permettait à des jeunes, comme moi, de tenter leur chance. Je pris la page de mes deux mains avec le plus grand respect, comme s'il s'agissait d'un manuscrit précieux. *Roméo et Juliette* en comédie musicale, c'était pour moi. L'espace d'un instant, je me revis à New York dans ce majestueux hôtel devant tous ces journalistes et photographes jusqu'à ce que j'entende (encore une fois !!!) la voix de ma mère me rappeler à la réalité :

— N'est-ce pas là l'occasion que tu espérais ?

Je me retournai vers elle, les yeux noyés de larmes.

— Mais enfin, ma chérie, ne pleure pas! C'est une bonne nouvelle, non?

— C'est… c'est… une merveilleuse nouvelle maman, je… je… je suis si heureuse, m'exclamai-je entre deux sanglots.

— Eh bien, alors, cesse de pleurer! dit ma mère en me tendant la boîte de mouchoirs.

Je me mouchai bruyamment puis lui demandai:

— Tu me donnes la permission de participer à ce concours, hein?

— Euuuh, hum… je réfléchis… J'hésite, c'est une décision importante qui ne doit pas être prise à la légère…

Je m'impatientai devant le petit jeu de ma mère, car je me doutais qu'elle avait déjà étudié la question. Après tout, c'était elle qui avait déchiré la page du journal pour la mettre bien en évidence sur la table de la salle à manger. Si elle avait voulu y penser davantage, elle aurait attendu d'être décidée avant de me la montrer. Enfin, elle déclara:

— Hmm, je crois que… oui! fit-elle dans un sourire plein de malice. D'ailleurs, j'en ai déjà discuté avec ton père et il est d'accord, lui aussi.

Je me mis à trépigner, hyperexcitée, à un tel point que ma mère posa ses deux mains sur mes épaules pour modérer mes ardeurs.

— Calme-toi, Julia, s'il te plaît. Avant de t'emballer, nous devons commencer par voir ce que c'est exactement, ce concours, quels sont les critères de sélection et comment il se déroule, et surtout, où. Tu comprends que s'il se passe à Québec, ça pose un problème de logistique. Et puis, le critère numéro un, c'est que je veux connaître le sérieux de son organisation.

— Mais, c'est sûr qu'il est sérieux, c'est dans le journal !... M'man, c'est la chance de MA VIE !

— Oui, ma poulette, je sais ce que ça représente pour toi, mais... ta vie commence. Tu vas apprendre en vieillissant à ne pas te fier à tout ce qui est écrit dans les journaux et surtout à regarder au-delà des mots.

« Quoi ? Regarder au-delà des mots ? » m'étonnai-je.

— Nous allons dans un premier temps nous informer des détails, ensuite nous verrons. Je ne doute pas du sérieux de ce concours, mais avant de t'y inscrire, nous devons nous renseigner sur les conditions. Je n'ignore pas, ma chérie, que c'est ton rêve, et je suis prête à t'aider à le réaliser, si je juge le tout fiable, mais si je m'aperçois que ce concours n'est qu'une arnaque, que tu risques d'en sortir malheureuse, je te le dis tout de suite, c'est non! D'accord?

— Je suis sûre et certaine, maman, que c'est là ma chance… et que c'est on ne peut plus honnête!

Chantal me regardait avec complaisance, comme si j'avais dit une énormité. Elle passa sa main sur mes cheveux, replaçant une ou deux mèches.

— Évidemment que tu en es convaincue, ma poulette! affirma-t-elle. Je ne remets pas ta foi en question, je devine à quel point ce concours est important pour toi, mais ce n'est pas là le sujet. Ce que j'essaie de t'expliquer, c'est que je serai la seule à déterminer si ce concours est honnête ou non… Je veux que ce soit bien clair entre nous, Julia. Comprends-tu ce que je viens de te dire?

Je poussai un profond soupir, mais j'étais si heureuse que j'étais prête à tout accepter sans rouspéter pour passer ces auditions.

— Oui, m'man… Si jamais c'est louche, ou que tu penses que c'est une arnaque, ou que je risque d'en sortir déprimée ou en petits morceaux ou je ne sais quoi encore, je laisse tomber.

Si tu me dis « on arrête », je t'obéirai sans protester, c'est promis !

Pour couper court à cette discussion vraiment trop sérieuse à mon goût, je m'élançai dans la salle à manger en effectuant quelques pas de danse et en riant.

— Tut, tut, tut, une dernière chose, s'écria ma mère en me fixant attentivement.

— Quoi encore ?

— L'école… l'école passe avant. Tu devras conserver ta moyenne scolaire et t'organiser avec tes professeurs pour les travaux et les examens si jamais tu es appelée à t'absenter pour les auditions et pour la suite de ce concours. Si je suis insatisfaite de tes notes, je n'hésiterai pas un instant à tout arrêter. Me suis-je bien fait comprendre sur ce point également ?

Avez-vous déjà remarqué que les parents ont toujours des conditions démesurées lorsque leur enfant désire ardemment une chose ? Chaque fois qu'ils semblent disposés à nous faire plaisir ou à nous obtenir ce qui viendrait assurer notre bonheur, il y a toujours un « mais ». Personnellement, j'appelle cela de l'abus de pouvoir, mais dans les circonstances, je devais me montrer conciliante ! Ma mère m'a déjà avoué, un jour que je lui faisais cette observation, que c'était le seul pouvoir qu'elle détenait vraiment et qu'elle n'avait aucun remords à l'utiliser. Elle avait ajouté, alors que j'étais encore totalement abasourdie par sa réponse, que lorsque j'aurais moi-même des enfants, j'agirais de la même façon.

Je me souviens d'avoir ouvert la bouche pour protester et qu'elle m'avait regardée en souriant. Comme si ce qu'elle venait de déclarer était une certitude tout aussi vraie que le lever du jour ! Je m'étais demandé par la suite si moi aussi je me comporterais réellement comme ça, une fois mère. Je n'en suis toujours pas convaincue.

Mais cette fois-ci, je cédai. Après tout, il s'agissait de mon avenir, je n'allais pas chipoter sur des détails que je jugeais absurdes. L'école ? Lorsque je serais célèbre, j'aurais mes propres professeurs, voilà tout !

— Oui, maman, c'est promis, lui répondis-je avec le plus de sincérité possible.

Comme je l'ai mentionné plus haut, j'étais prête à tout pour avoir son autorisation : j'aurais fait ma chambre tous les jours jusqu'à ma majorité s'il le fallait, je me serais occupée de ma sœur (oui, oui, même ça) avec le sourire, je me serais empressée de participer aux tâches ménagères à la demande de ma mère (c'est-à-dire qu'elle n'aurait pas eu à le répéter cent fois avant que je me décide!) et serais même allée vider les toilettes dans un parc d'attractions tout l'été!!! Cette dernière solution me fit rigoler, je l'imaginai à la une des journaux :

POUR ATTEINDRE SON RÊVE ET SOUS LES ORDRES D'UNE MÈRE INTRANSIGEANTE, JULIA NETTOYAIT À LA MAIN LES TOILETTES PUBLIQUES ALORS QU'ELLE N'ÉTAIT ENCORE QU'UNE ENFANT!

Ha! ha! ha!… Certainement très vendeur, comme nouvelle!

Bref, qu'on me désigne la chose à faire et je m'exécuterai, et le sourire aux lèvres!

Chantal marqua une pause tout en me fixant intensément de ses yeux verts, si semblables aux miens. Je sentais bien qu'elle souhaitait acquiescer à ma demande, mais que son instinct maternel la mettait également en garde contre je ne sais quoi de terrible! Les parents voient toujours du danger partout, c'est connu! Que pouvait-il y avoir de dangereux à participer à un concours de chant? Les producteurs n'allaient pas se transformer en loups-garous et me dévorer!

— Bon, OK! OK! Nous allons participer à ce concours… enfin, je veux dire que tu vas y participer. Je crois très sincèrement que si je ne te donne pas mon accord, tu m'en voudras toute ta vie. Et puis, qui sait? C'est peut-être ta chance. Il serait ridicule de passer à côté de cette occasion.

Je trépignais de joie.

— Renseigne-toi au sujet des dates pour les auditions ainsi que sur les règlements. Nous pourrons nous rendre soit à Trois-Rivières soit à Montréal, ce sera en fonction de mon travail, je verrai à quel moment je peux m'absenter… Une dernière chose, Julia. Michel ou moi serons toujours présents, quelle que soit l'évolution de cette affaire. Mais tu dois garder à l'esprit que c'est nous qui déciderons de tout, que ça te plaise ou non, que tu sois d'accord…

Je m'élançai dans ses bras sans lui laisser le temps de terminer sa phrase. C'était assez, les mises en garde, j'avais compris, et puis je désirais maintenant savourer ce moment. Chantal me serra fort et je sentis alors tout l'amour qu'elle avait pour moi. Nous restâmes ainsi de longues secondes. Des larmes de joie m'inondaient le visage ainsi que le chemisier de Chantal, tandis qu'elle me berçait légèrement, jusqu'à ce qu'on entende une petite voix demander :

— Qu'est-ce qui se passe ?

C'était Béatrice, ma chère petite sœur ! Elle rentrait de chez son amie. Elle s'y arrêtait toujours après l'école pour faire ses devoirs. Depuis quelque temps, c'était devenu une habitude ou… un caprice, je ne saurais dire ! La deuxième hypothèse me semble plus réaliste…

— Oooh, mes muffins ! s'écria alors ma mère, qui se précipita vers la cuisine, d'où provenait une odeur de brûlé.

Au même moment, le détecteur de fumée se mit à émettre son cri strident à peine supportable. J'entendis Chantal pousser un juron, chose qu'elle ne fait que dans des cas extrêmes et désespérés, ce qui me fit sourire. Béa se dirigea à son tour vers la cuisine en hurlant « maman » à plusieurs reprises. La panique était à bord !

Et moi ? Eh bien, moi, j'étais si heureuse que même le vacarme et l'affolement qui semblait frapper Chantal et ma sœur ne m'ébranlèrent pas. Je pris un torchon et le fis valser devant le détecteur de fumée jusqu'à ce que j'obtienne son silence. Pendant ce temps, Chantal ouvrit les fenêtres tandis que Béa regardait d'un air étrange les muffins calcinés.

— Nous n'aurons pas de muffins en collation, dit-elle d'une voix blanche.

·—·

La nouvelle ne fit guère plaisir à Béa. Évidemment, il fallait bien qu'elle gâche ma joie. Ma charmante petite sœur voulait elle aussi participer au concours et lorsque Chantal lui expliqua qu'elle n'avait pas l'âge requis, la capricieuse piqua une de ces crises, comme elle seule sait les faire. Mais rien dans les cris de ma chère Béatrice ne parvenait à amenuiser ma jubilation et mon excitation. Tandis qu'elle hurlait que j'étais la plus gâtée et qu'elle n'avait jamais rien, je lui offris mon plus rayonnant sourire, ce qui l'enragea un peu plus, et me réjouit doublement. Béatrice me gratifia d'une grimace puis courut à la cuisine pour déverser sa colère sur Chantal, qui remettait de l'ordre et s'évertuait à chasser l'odeur de brûlé qui resterait imprégnée quelques jours encore.

De mon côté, pour échapper aux désobligeantes jérémiades de ma sœu-sœur, je me précipitai vers l'ordinateur. J'y lançai aussitôt une recherche afin de trouver les règlements du concours et les informations nécessaires pour rassurer ma mère, tandis qu'elle tentait de calmer l'enfant terrible de la maison.

J'imprimai tous les renseignements liés à l'événement et vins lui présenter quinze minutes plus tard un dossier complet sur la chose.

Durant ce temps, Béa avait enfin cessé de pleurnicher et regardait tranquillement Vrak.tv en mangeant une compote de pommes. Elle avait obtenu de notre mère la permission d'aller à la fête d'une de ses amies et de dormir chez elle! Quand je vous dis que c'est une friponne, une vraie petite peste! Elle pique des crises dans le seul but de faire plier notre mère à ses exigences, et le pire, c'est que ça fonctionne! Un jour, j'en parlerai à Chantal.

Depuis que notre père est parti, donc depuis la naissance de Béa, ma mère cède à tous ses caprices, comme si elle tentait de se racheter ou de s'excuser de l'absence de Michel. Et lui, de son côté, agit de la même façon, comme pour se disculper de ne pas être présent dans sa vie, dans notre vie. Bref, tout le monde tolère ses humeurs dans l'espoir de se faire pardonner le manque cruel dont elle pourrait souffrir par leur faute. Mais, entre nous, je n'ai jamais vu Béa pleurer parce que Michel ne venait pas nous voir, puisque c'est ainsi depuis sa naissance. Je ne dis pas que l'absence de notre père la laisse indifférente. Non, pas du tout. Je crois plutôt qu'elle ne la vit pas si mal que ça. Il ne lui manque pas vraiment, car elle n'a jamais vécu avec lui, ce qui n'est pas mon cas, et lorsqu'elle le voit, il la couvre de cadeaux. Michel est absent de la maison, certes, mais pas de notre vie. Et j'irais même jusqu'à dire qu'il tient le beau rôle dans cette histoire : il est toujours gentil avec nous, et ne s'occupe pas de la discipline, car il se sent fautif de ne pas être là. Et je pense très sincèrement que Béa le devine et qu'elle en tire parti. La fripouille profite du malaise de notre père. Je suis convaincue qu'elle manipule sciemment nos parents, sans se soucier des conséquences.

Bref, tout cela est pathétique !

Les parents ont parfois si peur qu'on ne les aime pas qu'ils agissent sans réfléchir, cherchant bien plus à nous plaire qu'à jouer leur rôle de tuteurs.

Je laissai ma mère et ma sœur seules et filai en direction de ma chambre. Je devais informer mes amis de l'extraordinaire nouvelle. C'était prioritaire. Sans attendre, j'allumai mon ordinateur et j'ouvris le réseau Facebook. Dès que la page apparut, je cliquai sur le lien *Discussion instantanée* pour vérifier si ma bande de joyeux lurons était au poste. À part Kevin, ce qui ne me surprenait pas vraiment, tous les autres étaient là puisque c'était l'heure à laquelle nous avions l'habitude de nous rejoindre. J'hésitai un instant en constatant l'absence de Kevin. Devais-je attendre qu'il se joigne à nous afin que tous aient la nouvelle en même temps ? Je décidai que oui, par amitié pour lui. J'ouvris donc l'onglet *Messages* et envoyai un mot à notre petit groupe pour fixer un rendez-vous « facebookien » en soirée, en précisant que j'avais une grande nouvelle à annoncer. Évidemment, les réactions furent presque immédiates et déjà Gen et Sara me harcelaient de « quoi ? » et de « dis-le tout de suite, tu ne vas pas nous faire attendre jusqu'à ce soir ». Mais je leur répondis que Kevin était absent et que je voulais leur annoncer à tous en même temps.

Presque aussitôt, je vis un petit 1 rouge apparaître au-dessus de mon onglet *Messages*. Je savais déjà que c'était Sara, j'en étais convaincue. J'ouvris le courrier et vis que j'avais raison.

Je comprends que tu souhaites attendre Kevin et je trouve ça bien correct, mais tu peux me le dire, je te promets de faire la fille surprise. Please !!!

Je souris puis répondis :

Non, je ne dis rien tout de suite. Mais je peux cependant t'annoncer que c'est une nouvelle extraordinaire et que j'attends ce moment depuis longtemps.

Quelques secondes passèrent sans que rien ne se produise. J'allais quitter la page, étonnée que mon amie ait lâché prise si facilement, lorsque le petit I rouge réapparut.

Est-ce en lien avec cette annonce sur le concours STAR parue dans le journal d'aujourd'hui ?

Pffff ! Quand je vous dis qu'elle est au courant de tout. De tous les jeunes que je connais, Sara est la seule qui lit le journal tous les jours, en plus d'écouter religieusement les chaînes CNN et RDI. Je pense même qu'elle est abonnée au quotidien *Le Monde* sur Internet. Je n'étais donc pas vraiment surprise de lire qu'elle avait découvert en si peu de temps de quoi il en retournait exactement. Je ne pouvais combattre son esprit de déduction et sa culture générale. Elle était beaucoup trop forte. J'écrivis :

OK ! OK ! Tu as gagné. Mais tu n'en parles à __*PERSONNE*__.

Promis ! répondit-elle. *C'est vraiment trop cool… Je ne te pose pas plus de questions, j'attendrai que nous soyons tous là. À tout à l'heure* 😵

Je demeurai songeuse un instant, le regard un peu dans le vide, savourant la joie qui m'habitait.

Je relus mon statut de la veille : *Examen de math, aujourd'hui, troisième période. Ouache… pas prête !* Ça me semblait soudain bien insignifiant par rapport à ce que j'avais à dire aujourd'hui. Comme quoi, on ne sait jamais ce que la vie nous réserve, dirait Chantal. Ce que j'éprouvais ce matin encore au sujet de ma condition et de la platitude de mes jours venait par un simple concours de se modifier totalement.

J'effaçai l'ancien statut pour en écrire un nouveau. J'allais appuyer sur *Partager* quand je stoppai mon geste. Non, je ne pouvais pas écrire ça, pas tout de suite du moins. Je devais attendre que mes amis soient au courant avant de modifier mon statut. Je venais tout juste de dire à Sara qu'elle devait se taire, je n'allais pas, moi, l'annoncer comme ça sur Facebook. La priorité, la primeur, revenait à mes amis et c'était normal ! Je notai mon énoncé sur un bout de papier. Ma formule était toute trouvée :

Julia participera au concours STAR et deviendra la prochaine Juliette.

•–•

En me couchant ce soir-là, je réalisai que ma journée avait été la plus extraordinaire qui soit. Jamais, auparavant, je n'avais ressenti une telle agitation et un tel bonheur, et je n'avais même pas encore passé l'audition ! Je n'étais même pas sûre de la passer, d'être acceptée. Trop excitée pour dormir, je me tournai et me retournai dans mon lit, incapable de trouver le sommeil.

Un million de choses me traversaient l'esprit et me faisaient sourire, alors que j'étais seule dans la nuit. J'imaginai mille fois la rencontre avec les producteurs et l'équipe, et mille fois encore, je répétai la scène, m'arrêtant sur des détails, reprenant les paroles d'une chanson différente chaque fois. Qu'allais-je interpréter pour cette première audition ? La chanson que je choisirais devait parfaitement me représenter en plus d'exploiter au maximum mes capacités vocales. J'arrêtai mon choix sur deux, trois titres que je connaissais bien et que j'interprétais aisément. Je comprenais d'instinct que c'était essentiel pour le bon déroulement de cette audition : maîtriser parfaitement ma voix et ce que j'allais interpréter, car je n'avais droit qu'à un seul coup d'essai.

Plus tôt en soirée, comme prévu, j'avais rejoint mes amis sur Facebook et Kevin y était aussi. Je crois que Sara l'avait appelé pour lui dire de ne pas manquer ce rendez-vous que les autres attendaient, certainement, avec impatience. Dans une mise en scène parfaite (j'avais pensé à mon affaire et à la façon dont j'allais leur dévoiler la nouvelle), je leur fis part de l'événement par un courriel commun à l'heure fixée, sans fioritures et sans préambule, mais sur un ton plutôt théâtral :

Mes amis, je vous annonce que je vais envoyer ma demande de candidature au concours STAR, pour jouer dans la comédie musicale Roméo *et* Juliette *et que j'espère de tout cœur être la Juliette recherchée.*

Dans un premier temps, j'avais songé les faire languir, mais j'étais incapable d'étirer la chose en longueur, trop excitée à l'idée de leur dire le plus rapidement possible ce qui me brûlait les lèvres depuis mon retour de l'école. Et tous avaient été ravis. Marc-Olivier et Kevin étaient restés plus modérés, évidemment, puisque ce sont des gars, mais Gen et Sara avaient littéralement laissé éclater leur joie. Leurs réactions étaient agréables à voir et elles m'avaient remplie d'une euphorie que j'avais peine à contenir. Je devinais par leurs phrases, leurs points d'exclamation et leurs émoticônes qu'elles me balançaient en rafales toute l'amitié qu'elles avaient à mon égard et le bonheur qu'elles éprouvaient. Elles étaient heureuses pour moi, c'était évident et ça me touchait beaucoup. Les gars aussi, mais disons qu'ils étaient un peu moins démonstratifs. Bref, après avoir échangé un million de courriels, Sara m'avait demandé :

Qu'est-ce que tu vas porter pour l'audition ?

LA question !

OMG, je n'en ai aucune idée ! avais-je répondu.

Et voilà que j'étais couchée dans le noir, à revoir en pensée le contenu de ma garde-robe, qui se résumait, me semblait-il alors, à pas grand-chose ! Qu'allais-je mettre ? Que mettait-on pour passer une audition ? Y avait-il une tenue particulière à avoir pour ce genre d'événement ? Toutes ces questions se bousculaient dans ma petite tête, et s'ajoutaient à l'excitation de la journée. Inutile de vous dire que ma nuit fut bien courte, ou encore, très longue, selon le point de vue.

Les auditions devaient se tenir à Montréal et étaient prévues pour les 20, 21 et 22 novembre prochains. Nous n'étions qu'au début d'octobre ! Une éternité à vivre entre maintenant et cette date ultime. Comment allais-je survivre jusque-là ? À voir l'état dans lequel je me trouvais déjà, je me disais que j'arriverais à cette date fatidique complètement zombie ! Laide, très fatiguée et incapable de chanter !

« C'est sûr que je vais avoir une poussée d'acné si je ne me calme pas », songeai-je.

Je sentis soudain une immense angoisse m'envahir. Non, non, je devais me détendre. J'aurais, d'ici là, à apprendre à patienter pendant cette in-ter-mi-na-ble attente et à continuer à vivre ma vie au jour le jour. L'école, c'est ça, je devais me concentrer sur l'école, mes amis et mon quotidien.

Pour les vêtements, j'étais persuadée que Chantal comprendrait qu'il me fallait quelque chose de neuf et, si c'était nécessaire, je n'hésiterais pas à prélever toutes mes économies. Je devais être au mieux et j'avais un mois pour m'y préparer.

En plein cœur de la nuit, je me levai pour allumer la lampe qui se trouvait sur mon bureau. Je pris le calendrier pour barrer d'un X la première journée qui lançait le fameux décompte jusqu'aux dates que j'avais préalablement entourées plusieurs fois de rouge. Ce premier X était, il me semble, une date importante puisqu'il représentait le premier pas vers ma carrière internationale. La première brique qui pavait le chemin vers l'accomplissement de mon rêve.

CHAPITRE 4

Montréal était la dernière ville où se dérouleraient les auditions et c'était là que j'allais tenter ma chance. J'aurais préféré auditionner ailleurs, comme à Trois-Rivières où, forcément, moins de monde se présenterait, mais c'était impossible pour Chantal aux dates proposées.

Nous avions minutieusement rempli la demande d'audition et envoyé le dossier exigé pour cette première sélection. Pour pouvoir participer au concours, je devais soumettre la demande et formuler en trois cents mots les raisons pour lesquelles je désirais faire partie de la comédie musicale, et quel rôle je visais. Il me fallait en plus fournir une photographie de moi, vue de la tête aux pieds, et une de mon visage, sans oublier le plus important, un enregistrement sonore de ma voix. Chantal m'avait aidée à composer le texte et à bien formuler mes idées, mais elle m'avait dit que je devais moi-même réfléchir à ce que je voulais leur dire pour qu'ils me choisissent, moi, et pas une autre dans le rôle de Juliette. Je devais en quelques centaines de mots leur décrire mon rêve et bien leur faire comprendre que ma vie tout entière en dépendait, que j'étais faite pour le rôle de cette jeune fille passionnée qui se donne la mort pour son grand amour. Je le ressentais au fond de moi, j'étais Juliette… Je n'avais peut-être pas encore connu le grand amour, mais j'imaginais sans peine ce qu'elle éprouvait pour son Roméo.

J'avais fait une recherche sur Internet avant de louer tous les films de cette célèbre histoire d'amour (ma version préférée est celle où jouent Leonardo DiCaprio et Claire Danes). J'avais même lu la pièce originale et pendant quelque temps, j'avoue, je me comportai comme l'héroïne de Shakespeare. Ce qui faisait beaucoup rire mes amis, surtout lorsque j'employais le langage emprunté de ces personnages du passé. Grâce à toutes ces folies, j'avais l'impression de satisfaire mon besoin de mieux connaître qui était Juliette, et de calmer mon angoisse en me préparant à cette grande et ultime rencontre.

Pour présenter mon dossier, Michel, lui, m'avait aidée pour l'enregistrement de ma voix en apportant à la maison tout ce qu'il fallait pour ça. Un véritable petit studio portatif. Béa avait été très impressionnée et avait, bien évidemment, exigé qu'on l'enregistre, elle aussi, en train de chanter. Je dois avouer que la canaille a une voix très particulière. En réalité, elle ressemble beaucoup à la mienne. Cette constatation ne me plaît pas trop, mais bon, je ne peux le nier : Béatrice chante très bien !

J'avais par la suite déposé l'enregistrement, les photos et ma lettre dans une enveloppe kraft à bulles. Avant de la poster, je l'avais tenue de longues minutes dans mes mains. Comme si je cherchais à lui transmettre tous mes espoirs d'être retenue lors de cette première élimination.

Le dossier était enfin parti, il ne me restait plus qu'à attendre. Je crois, maintenant que j'y repense, que ce fut le moment le plus long de toute ma vie. Sitôt que je descendais de l'autobus qui me ramenait de l'école, je me précipitais dans la maison pour examiner la pile de courrier reçu dans la journée. Et chaque fois, ma déception était grande, et mon angoisse, elle, augmentait. C'était terrible à vivre ! À mon avis, l'attente est ce qu'il y a de pire dans la vie.

Allais-je être acceptée ? Pourquoi était-ce si long ? Avaient-ils reçu ma demande ? Peut-être l'enveloppe s'était-elle égarée en chemin… Et si nous n'avions pas mis la bonne adresse ? Allait-on me donner l'occasion de passer cette audition ? Peut-être ne m'avaient-ils pas trouvée assez bonne pour m'y convoquer…

Les journées s'étiraient avec la lenteur d'un escargot et ça me mettait dans une humeur, disons-le, plutôt irritable. J'étais à fleur de peau. J'étais tellement nerveuse que presque chaque nuit, je faisais le même cauchemar : j'arrivais sur la scène et, au moment où je devais commencer à chanter, j'avais une extinction de voix. Aucun son ne sortait de ma bouche et je me mettais à pleurer. L'un des juges se dressait alors devant moi (et, dans mon rêve, il faisait quatre fois ma taille) en m'indiquant la sortie de son index. Je me réveillais chaque fois en sueur, et affolée.

Ma mère voyait bien à quel point ce concours me stressait. Un jour, alors que je venais de me quereller avec Béa (encore une fois !), elle vint me trouver dans ma chambre, où je tentais d'étudier pour un examen. Opération extrêmement difficile, voire impossible, quand on a autre chose en tête. Ma concentration devait être celle d'une mouche, incapable de passer plus d'une seconde sur le même sujet! Tout comme l'insecte, je tournais en rond. J'étais hyperangoissée!

— Julia, ma chérie, je dois te parler... As-tu cinq minutes?

Pour toute réponse, je déposai mon crayon et la regardai, prête à l'écouter.

— Ma poulette... Je sais ce qui t'énerve en ce moment et je comprends parfaitement la tension que ça génère. Ce n'est pas facile à vivre et l'attente est on ne peut plus angoissante, mais tu dois apprendre à te calmer. Je sais que ce n'est pas simple à faire, néanmoins tu dois prendre sur toi. Julia, c'est une audition que tu veux passer, un premier essai dans tes démarches pour réaliser ton rêve, mais tu dois comprendre que ce n'est pas la seule occasion que tu auras. Si tu arrives épuisée et que tu échoues parce que tu n'es pas en forme, tu t'en voudras toute ta vie, tu seras profondément frustrée. Il faut que tu te détaches de ça, même si ça peut te paraître impossible, c'est un exercice que tu dois apprendre à faire. Et pour cela, il faut que tu comprennes que si tu n'es pas choisie, ce qui est une éventualité, eh bien... ce ne sera pas la fin du monde, me dit-elle en me prenant la main et en me fixant attentivement. Il y aura d'autres occasions, d'autres auditions, ce n'est pas la seule que tu passeras. Bien entendu, ce n'est pas ce que tu veux, et moi non plus. Je souhaite que tu réussisses, mais tu dois envisager la possibilité de ne pas être retenue.

— Mais, maman, je vais réussir... murmurai-je du bout des lèvres, la voix cassée, les larmes à la limite des cils, prêtes à déferler sur mes joues.

— Je te le souhaite, ma chérie, je te le souhaite... J'espère, très sincèrement, qu'on te choisira, mais tu ne dois pas perdre de vue que tu ne seras pas seule à ce concours, et que d'autres, comme toi, rêvent également de faire carrière dans la chanson et qu'ils ont aussi du talent.

Chantal appuya sur cette dernière phrase et je sentis un frisson me parcourir le corps.

Je regardai ma mère, et même si je comprenais ce qu'elle m'expliquait, quelque chose en moi me poussait à déformer ses paroles et à y voir le malheur. Comme si j'avais besoin de me faire dire encore et encore que tout allait bien se passer et que je pouvais réussir cette épreuve. En réalité, et j'en suis consciente aujourd'hui, je doutais de mes aptitudes bien plus que les autres, que ma famille et mes amis ne pouvaient en douter eux-mêmes. Je crois que je ne me voyais pas réellement parvenir là où les autres me voyaient déjà. C'était mon rêve, certes, mais au fond de moi, j'étais bourrée d'appréhension. Je n'en parlais à personne, car j'avais l'impression d'avoir trop mis mon rêve de l'avant pour pouvoir admettre que je me sentais incapable de l'accomplir. J'étais sûre que les autres ne me comprendraient pas, et me diraient certainement que je ne savais pas ce que je voulais.

J'avais tellement amplifié mon désir, tout en sachant que sa concrétisation était peu probable, que je ne pouvais plus reculer maintenant que j'étais en voie de le voir se réaliser. Il arrive parfois que l'on veuille intensément quelque chose, au point de grossir cette envie, et quand on obtient l'objet de nos rêves, on s'aperçoit que, finalement, on n'est pas aussi heureux qu'on l'aurait cru. On découvre qu'on avait surestimé son importance pour soi.

— Tu ne crois pas que je peux y arriver? demandai-je.

J'avais tant besoin d'être rassurée.

— Pas du tout, Julia! Pas du tout... Tu es excellente. Je sais que tu peux le faire. Si je ne le pensais pas, si je n'en étais pas profondément convaincue, j'aurais refusé que tu t'inscrives, voyons. Jamais je ne te laisserais affronter une telle situation si je doutais un seul instant de ton talent, de tes forces. Je ne t'aurais pas autorisée à participer à ce concours si je ne croyais pas en toi, je t'aime trop pour ça.

Je lui répondis par un demi-sourire.

— Je sais, ma poulette, que tu as un talent énorme, continua-t-elle. Et je suis certaine que tu as de bonnes chances de réussir, mais ce que j'essaie de te faire réaliser, c'est que tu dois garder à l'esprit que d'autres aussi en ont. Tu ne seras pas seule à cette audition. En étant consciente de ça, eh bien, tu sentiras ton stress tomber, et tu comprendras que tu ne peux pas faire plus que ton possible.

— Et si je manque mon coup ?

— Eh bien, dit ma mère en reprenant ma main dans l'une des siennes, tout en replaçant une mèche de mes cheveux de l'autre, tu participeras au prochain concours, car il y en aura d'autres, sois-en sûre. Ce ne sera pas la seule chance de ta vie. Tu auras bien d'autres occasions de montrer qui tu es et de faire entendre ta merveilleuse voix. Et les maisons de disques t'attendront, elles sont toujours à la recherche de nouveaux talents. Je crois en toi, ma Julia, mais je ne veux surtout pas que tu souffres. Nous ignorons comment va se dérouler cette journée et ce qui en ressortira, mais tu dois constamment te rappeler que ta vie ne s'arrêtera pas là. Au contraire, elle ne fait que commencer. Si ce n'est pas cette fois-ci, ce sera la prochaine, tout simplement… si tu en as envie, bien entendu. C'est toi qui sais jusqu'à quel point tu tiens à ce que ce rêve se réalise, il n'y a que toi qui le sais…

Chantal me détailla un instant, comme si elle cherchait à interpréter mes pensées, à lire en moi. Ce que je ressentais alors, c'était la certitude rassurante que si je décidais de laisser tomber, elle ne m'en voudrait pas. Que je pouvais choisir de tout abandonner si je le désirais vraiment, que cette décision me revenait, et cette constatation m'apaisa. Soudain, la pression s'envola, je me sentis plus calme, et surtout, plus sereine. La nervosité m'habitait toujours, certes, mais cette fébrilité n'était plus aussi angoissante qu'avant, car je savais que j'avais la possibilité de tout arrêter si je le voulais. Cette impression de contrôler les choses me mit alors en confiance. J'éprouvais maintenant moins d'anxiété par rapport à toute cette histoire. J'y voyais plus clair, mais au fond, je me doutais que, le jour

de l'audition, toutes ces belles paroles s'envole-
raient et qu'un stress énorme me gagnerait. Mais
pour le moment, j'étais plus calme.

— Ouais, je comprends… Je vais essayer de
me détacher un peu de tout ça, tu as raison.
Après tout, ma vie ne s'arrêtera pas là, si je ne
suis pas choisie, dis-je enfin.

— Voilà ! Tu as tout compris. Ma poulette,
bien sûr que ce n'est pas l'unique chance que
tu auras de voir ton rêve se réaliser, bien au
contraire ! Et quoi qu'il se passe, tu en retireras
une expérience très, très enrichissante. C'est ta
première audition, Julia, pas la dernière, et c'est
toi qui décides si elle est aussi importante à tes
yeux que tu le penses.

— Oui, je comprends, maman, répétai-je en
allant me blottir contre sa poitrine.

Chantal me caressait les cheveux et, pendant un certain temps, nous demeurâmes ainsi,
silencieuses, mais à l'écoute l'une de l'autre.
J'aimais ces moments intimes que nous passions
ensemble, même s'ils étaient de moins en moins
fréquents, je m'en rendais compte. Est-ce parce
que je vieillis ? Le fait que je ne me réfugie plus
dans ses bras comme lorsque j'étais gamine
signifie-t-il que je n'en ai plus l'âge, que je n'ai

plus besoin d'elle ? Je suppose que oui, mais en réalité, c'est bien triste, car j'éprouvais alors un réel réconfort. Quoi qu'il en soit, je profitai pleinement de ce moment-là. J'étais rassurée, et surtout, comprise.

Je savais pertinemment que ma mère avait raison, comme je savais également que je devais me préparer à l'éventualité de ne pas être prise pour cette comédie musicale. Je venais de changer d'attitude à l'égard de l'ensemble de cette histoire, mais j'étais maintenant sûre que concourir était réellement ce que je voulais. Je participerais à cette audition, j'en étais désormais convaincue. Et si je devais perdre, eh bien, je l'accepterais malgré la difficulté que j'aurais à m'en faire une raison. Mes émotions ne me permettaient pas d'être tout à fait neutre. J'avais du mal à séparer mes sentiments de la raison, car je voulais gagner cette épreuve. Néanmoins, mes angoisses étaient maintenant derrière moi, et je savais, comme je l'avais toujours su même si j'avais eu un sérieux moment de doute, que mes intentions étaient de faire carrière dans la chanson. C'était ce que j'avais dans les tripes, ce que je voulais au plus profond de moi, et cela, peu importent les peurs que je tentais de me faire croire. Cependant, malgré le fait que j'étais décidée, malgré le fait que je m'efforçais de me préparer à toute éventualité, la simple pensée de ne pas être prise lors de cette audition me faisait basculer dans une noirceur terrifiante. Je refusais de m'attarder plus longuement sur cette possibilité, comme si le fait d'y songer allait m'attirer la poisse !

Il est toujours extrêmement difficile d'être objectif avec soi-même, et surtout, de ne pas se raconter d'histoires. Je voulais devenir chanteuse, c'était mon rêve depuis toujours, mais, en même temps, j'hésitais à franchir cette première étape, car j'avais la frousse de ce qui pourrait se produire. J'avais envie d'être une star, mais instantanément, sans avoir à passer par les désagréments et les lourdes déceptions. Je pensais maîtriser mes sentiments, mais l'esprit est plus sournois que ça. On a beau se faire une idée des choses et tenter de s'en convaincre, ça ne veut pas dire que tout se déroulera comme on se l'imaginait. Nous ne contrôlons notre pensée qu'en partie seulement, juste assez pour nous donner l'impression d'en être maître, mais en réalité, nous ne faisons que subir ses impulsions. Nous ne décidons de rien quant à ses réactions !

Chapitre 5

❧

OMG, le grand jour, le jour J était enfin arrivé ! Ma nuit avait été horrible, j'avais à peine dormi deux heures. Incapable de trouver le sommeil, j'étais prise entre l'excitation et l'appréhension. Ces deux complices avaient fidèlement passé la nuit à mes côtés, bien installées dans l'obscurité de ma chambre, uniquement éclairée par la lune. Sa lumière opalescente envahissait mon espace et c'est assise dans mon lit, le regard dans le vide, que je subissais les affres de ces interminables heures. Mon esprit me jouait des tours et je sentais monter en moi des bouffées d'angoisse que je pensais avoir domptée.

Mon audition avait lieu à quatorze heures. J'avais reçu la convocation deux semaines plus tôt. La lettre m'attendait au même endroit que l'élément déclencheur de toute cette histoire, au beau milieu de la table de la salle à manger, bien en vue.

Du coin de l'œil, j'avais aperçu ma mère, dans l'encadrement de la porte qui mène au salon. Elle me souriait avec joie, mais triturait nerveusement le torchon qu'elle tenait. D'une main tremblante, j'avais décacheté l'enveloppe en prenant un soin extrême à ne pas en déchirer le contenu, comme cela m'arrive très souvent lorsque j'ouvre du courrier, toujours trop hâtivement. J'avais parcouru rapidement les quelques lignes, relisant une deuxième fois, car je n'étais pas certaine d'avoir bien compris lorsque, bien malgré moi, des larmes s'étaient mises à déferler sur mon visage. Je tremblais comme une feuille sous un ciel orageux d'un jour d'automne.

Ma mère, inquiétée par mes pleurs, m'avait aussitôt prise dans ses bras pour me consoler, comme lorsque j'étais enfant. D'une voix basse et empreinte de douceur, elle m'avait murmuré :

— Chuuuut, ma chérie, chuuuttt… Ça va passer, ce n'est pas grave… Il y aura d'autres occasions… Tu verras, je te le promets, ma chérie, nous…

— Non, non, maman… Tu ne comprends pas… Je… je… je suis acceptée, dis-je entre deux sanglots, tout en me dégageant de son étreinte. Je suis sé… sé… sélectionnée…

Chantal me regardait avec bonheur et je vis ses yeux verts se voiler.

— Écoute ! lui avais-je lancé.

Agence de casting **The World**

Mademoiselle Julia Forget-Asselin,
Vous nous avez fait parvenir votre demande de participation dans la catégorie chant du concours STAR et c'est avec joie que nous vous informons que vous avez été retenue pour auditionner pour le rôle de Juliette lors de cette première sélection. Bravo !
Veuillez vous présenter à l'adresse ci-dessous le vendredi 20 novembre, à 14 heures, où se tiendront les premières auditions. Nous vous donnerons sur place toutes les informations concernant la suite des événements.
Bonne chance !
P.S. Veuillez apporter le présent avis lors de votre inscription.

Pierre du Marché
Directeur artistique de l'agence The World

Et nous y étions, enfin !

Oui, enfin !

Le premier pas vers mon avenir, vers ma destinée, vers mes rêves.

Durant tout le trajet qui nous menait vers Montréal, je fus cependant muette. J'étais incapable de prononcer un seul mot, j'avais le cœur au bord des lèvres et le ventre aussi serré qu'un nœud de marin. Chantal respectait mon silence et je lui en étais très reconnaissante. Non seulement je ne pouvais pas parler, mais je n'en ressentais aucun besoin, je ne souhaitais que demeurer dans ma bulle. J'avais l'impression que si j'ouvrais la bouche, quelque chose de terrible allait se produire, que je dirais à ma mère que je ne voulais plus y aller, que je souhaitais qu'elle fasse demi-tour im-mé-dia-te-ment. Que je n'étais pas prête, pas assez concentrée, que je ne me sentais pas bien, que j'en étais incapable, que je n'étais pas assez bonne…

J'étais, en réalité, en état de panique et je frisais la crise d'hystérie.

J'avais le trac, je le comprenais, mais je ne m'étais jamais imaginé que ça me dévasterait ainsi. Quand je vous disais que nous ne contrôlons pas notre esprit ! Nous pensons en être maître, mais c'est un leurre, c'est lui seul qui décide !

Quoi qu'il en soit, je parvenais difficilement à me calmer. La peur d'échouer me vrillait l'estomac et me mettait dans un état épouvantable, à un point tel qu'elle me faisait douter de mes envies profondes, de mes rêves les plus ancrés.

Il arrive que l'angoisse soit si forte que, soudain, on ne souhaite plus devenir comédienne, chanteuse ou musicienne, on ne veut que retrouver notre bien-être d'avant. Presque tous les artistes ont le trac et il paraît que c'est normal. Il faut, bien évidemment, apprendre à le contrôler, ou encore, comme j'ai déjà entendu certains le dire, apprendre à s'en servir. J'ignore comment on fait, mais j'avoue qu'à cet instant, j'aurais bien aimé le savoir parce qu'il me donnait envie de vomir.

Ma mère croyait certainement que, par mon silence, je cherchais à garder toute ma concentration, mais en fait, c'était bien plus que ça. J'avais mal au ventre et mon cœur allait bientôt me sortir par la gorge.

Ce n'était pas tant l'audition qui me stressait à ce point, mais plutôt ce sentiment de peur qui me grugeait les intestins et l'estomac, et qui faisait écho à ce spectre qui hantait mes nuits depuis des semaines : mon fameux cauchemar. Celui de ne pouvoir prononcer une seule note, d'être muette et de me voir chassée à jamais. Celui de passer à côté de ma chance, de rater le train. J'imaginais déjà ma photo imprimée sur les portes de toutes les agences avec un tampon en diagonale indiquant en rouge : *CETTE FILLE EST NULLE*.

J'avais la trouille. Une trouille qui me paralysait totalement et qui m'enlevait toute raison.

Heureusement, Béa ne nous accompagnait pas. Elle était à l'école et serait accueillie à la maison par Michel, qui avait manifesté le désir d'être présent et d'attendre mon retour. Elle avait bien évidemment protesté à sa façon contre cette décision, mais cette fois-ci, ma mère avait été intraitable. J'étais certaine qu'à cette heure, elle boudait encore ! La petite peste n'avait pas obtenu ce qu'elle voulait et c'était là une petite victoire que je savourais pleinement.

Pour tenter de me changer les idées, je tournais mes pensées vers Marc-Olivier. Quelque chose de particulier s'était produit la veille au soir, alors que je me trouvais dans ma chambre et que la maisonnée dormait. Mon ordinateur était toujours allumé, bien qu'il fût minuit passé, lorsque j'entendis le tintement caractéristique de mon courriel m'informant que je venais de recevoir un message. Sur le coup, je pensai que ce devait être un pourriel comme j'en reçois souvent, mais en vérifiant, je constatai que c'était un message de mon ami. J'ouvris donc, légèrement intriguée de recevoir à cette heure un mot de lui. Peut-être ne dormait-il pas lui non plus et qu'il cherchait à entrer en contact avec quelqu'un de la bande :

Julia, mon amie, je tenais à te souhaiter bonne chance pour demain de façon plus « privée ». Je penserai à toi, très fort, comme je le fais toujours.

Mo

Je dois dire que de prime abord j'avais trouvé son message vraiment mignon, mais plus les minutes passaient, plus ces quelques mots s'imprégnaient dans mon esprit et prenaient un tout autre sens. J'en vins à me questionner sur les raisons ayant poussé mon ami à m'écrire alors que je l'avais vu, lui et les autres, en soirée, lorsqu'ils étaient venus me souhaiter bonne chance pour le lendemain. Je ne comprenais pas pourquoi il m'écrivait. Mo est toujours si étrange avec moi. Et que voulait dire sa dernière phrase : *Je penserai à toi, très fort, comme je le fais toujours* ?

— Julia, nous arrivons, m'annonça Chantal en coupant court à mes réflexions.

Nous entrâmes dans le stationnement souterrain de l'hôtel.

Aussitôt, je chassai ces pensées de mon esprit en me disant que j'y reviendrais plus tard, que je devais maintenant me concentrer sur ce qui allait se passer.

L'audition avait lieu dans un des grands hôtels de Montréal, un hôtel de luxe, mais mon état ne me permettait pas d'en apprécier le faste. Je ne voyais pas son immense hall d'entrée au plancher de marbre blanc, souligné ici et là d'une ligne de marbre noir, ni sa réception où trônaient des meubles en acajou aux lignes raffinées. Rien de tout cela ne captait réellement mon attention. Si je peux vous l'exposer, c'est parce que Chantal m'en a fait la description plus tard, mais moi, je ne conserve de ces lieux qu'une impression de luxe et de raffinement, de mots chuchotés et de bruits feutrés, comme si tout était ouaté. Non, moi, je ne voyais que le bout de mes chaussures et je suivais ma mère comme un chiot, sans rien demander et sans regarder personne.

Un écriteau déposé sur un chevalet en laiton indiquait d'une flèche la salle où se tenaient les auditions.

Je déglutis bruyamment, tandis que ma mère se tournait régulièrement vers moi pour me jeter un coup d'œil.

— Ça va aller, ne t'inquiète pas. Tu fais ce que tu as à faire, et la suite ne dépend pas de toi.

Facile à dire ! J'aurais bien voulu l'y voir !

•–•–•

La salle de réception où l'on devait se rendre avait été transformée pour l'occasion en une espèce d'antichambre où s'alignaient une bonne quinzaine de rangées de chaises. La pièce était pleine. Je m'arrêtai à l'entrée, totalement estomaquée de voir autant de monde. Et, évidemment, tous ces gens avaient été convoqués comme moi, à une heure précise. J'avais bien imaginé que ce concours attirerait un bon nombre de participants, après tout, je n'étais pas la seule adolescente qui rêvait de devenir chanteuse, mais jamais je ne m'étais figurée un instant qu'il y en aurait autant. Il devait y avoir au moins un million cinq cent mille filles qui attendaient leur tour dans l'espoir d'obtenir le rôle féminin tant convoité! Car les auditions de cette journée étaient celles pour le premier rôle de la comédie musicale, celui de la romantique et légendaire héroïne de Shakespeare, Juliette Capulet.

— Je n'ai aucune chance, me murmurai-je, mais ma mère m'entendit.

— Tu en as tout autant qu'elles!

La femme qui accueillait les nouveaux arrivants et à qui ma mère remit la convocation me sourit en me tendant un numéro.

— Trois cent quatre, dit-elle d'une voix pimpante.

— Trois cent quatre? répétai-je, bêtement.

— C'est ton numéro de passage pour l'audition. C'est par ce numéro qu'ils vont t'appeler.

— Vous avez trois cent trois jeunes qui ont passé l'audition depuis le début de ce concours? demandai-je naïvement, soudain plus confiante.

Je songeai que ceux qui se trouvaient là étaient peut-être des accompagnateurs, des amis.

La femme, âgée d'une trentaine d'années, me sourit, le regard un brin moqueur.

— Non, pas depuis le début du concours, expliqua-t-elle en secouant légèrement la tête. Depuis ce matin !

Mon expression dut trahir ma surprise, car la fille ajouta sur un ton plus compatissant :

— Ne t'inquiète pas du nombre de personnes que tu vois là, et qui attendent de passer ou qui sont déjà passées... Ce n'est pas ça qui est important.

— Combien ont été retenues jusqu'ici, après cette première élimination ? demanda Chantal.

— Je pense que nous en sommes à trente-deux.

— Trente-deux ? m'étonnai-je encore.

— Oui, depuis ce matin, précisa-t-elle, en s'éloignant pour aller accueillir d'autres personnes qui arrivaient, me laissant seule avec cette horrible et si soudaine réalité.

Trente-deux candidates retenues pour le rôle de Juliette et il n'était que treize heures. Les auditions se prolongeaient jusqu'à vingt heures ce soir-là et elles avaient commencé trois semaines auparavant. Trente-deux candidates uniquement aujourd'hui et à Montréal ! Je n'osais faire le compte de ce que ça pouvait représenter avec les autres villes. J'étais soudainement totalement déprimée et découragée.

Ma mère me tira de mes réflexions en me prenant le bras, et me mena vers deux chaises qui venaient de se libérer. J'imagine qu'elle était tout aussi étonnée de découvrir que tant de jeunes tentaient leur chance à ce concours, puisqu'elle ne m'en dit rien.

— J'espère que ça ne sera pas trop long, fit-elle seulement, en croisant les jambes.

Nous nous installâmes pour une longue attente. Bientôt, les minutes se transformèrent en heures, c'était à se demander pourquoi nous avions reçu une convocation indiquant une heure aussi précise. Et nous qui avions peur d'arriver en retard! Mes écouteurs sur les oreilles, je m'efforçais de me concentrer sur les dernières chansons que j'avais téléchargées sur mon iPod Touch. De temps à autre, je levais les yeux pour jeter un regard circulaire à la salle, mais le nombre de personnes ne semblait pas diminuer, au contraire. J'éprouvai la même étrange impression que j'avais ressentie dans le hall d'entrée de l'hôtel, la salle baignait dans cette même ambiance feutrée : les gens murmuraient entre eux, comme s'il était défendu de parler en ces lieux, un peu comme dans les églises ou dans les bibliothèques.

Il était seize heures passées lorsque nous entendîmes enfin :

— Le numéro trois cent quatre, Julia Forget-Asselin, trois cent quatre...

Je me levai d'un bond, propulsée par l'adrénaline, mais mes jambes, elles, refusaient de bouger. Chantal fit un signe à l'homme qui venait de m'appeler, et me poussa légèrement pour me faire avancer.

— C'est à toi, ma poulette...

— Je suis désolé, madame, dit l'homme à ma mère, mais vous ne pouvez entrer avec elle dans la salle où se déroule l'audition. C'est la règle.

Elle allait riposter et semblait hésiter, mais ne dit rien, se contentant d'opiner du bonnet. Je devinais qu'elle n'appréciait pas cette politique, mais qu'elle devait s'y plier, pour moi. Elle me prit par les épaules pour me forcer à la regarder.

— Julia, tout va bien se passer, tu vas voir... Ce n'est pas différent que lorsque tu chantes à la maison. Tu donnes le meilleur de toi-même, c'est tout ce que tu as à faire. Je t'attends ici, je ne bouge pas... Tu es prête ?

Je hochai la tête, mais je ne me sentais pas bien. J'avais mal au cœur et l'estomac totalement à l'envers, comme si je me trouvais dans le pire manège de la Ronde selon moi, le Vampire. J'y étais montée l'été précédent (la seule et unique fois) et je ressens encore dans mes tripes son effet pervers. Inutile de vous dire que j'avais été malade. Là, je me sentais dans le même état, j'étais convaincue que j'allais vomir. Jamais, au grand jamais, je ne m'étais figuré auparavant que ce serait si difficile de passer une audition. Dans mes rêves, je ne faisais jamais de bouts d'essais, j'étais automatiquement choisie, voilà tout! On ne fait pas passer des auditions à une star! J'étais la seule que l'on voulait. Je ne me retrouvais pas en compétition avec trois cent trois autres filles! *My God!* La réalité était tout à fait décourageante. Comment allais-je parvenir à me démarquer des autres et à impressionner le jury? Si elles étaient là, elles aussi, aujourd'hui, c'est qu'elles aussi devaient être bonnes!

J'étais mal.

En m'appelant par mon prénom, l'homme m'invita à le suivre, ce que je fis comme une automate. Je me tournai une dernière fois vers ma mère, tandis que déjà la lourde porte de la salle se refermait sur moi. Mais avant qu'elle ne se ferme, je vis très nettement toute l'inquiétude que Chantal ressentait. Malgré cela, elle me souriait avec tendresse. Elle avait confiance en moi.

La salle était presque totalement dépouillée, mais elle était d'une grande beauté avec sa rotonde de fenêtres devant laquelle une immense table se dressait. Cinq personnes y étaient assises. La vue donnait sur le centre-ville de Montréal, avec ses gratte-ciel qui se découpaient sur un bleu infini et uni. J'observai alors, allez savoir pourquoi, qu'il n'y avait aucun nuage dans le ciel. Avez-vous déjà remarqué que, dans ces moments-là, ces instants où l'on peine à garder le contrôle de soi-même, certains détails nous apparaissent dans leur totalité et nous frappent ? Peut-être est-ce une façon employée par notre esprit pour nous maintenir en contact avec la réalité, nous raccrocher à quelque chose de simple et de connu afin de nous empêcher de perdre pied totalement. Apercevoir quelques détails insignifiants nous prouve peut-être que nous ne sommes pas en train de rêver et que ce qui nous entoure est bien réel, que ces simples choses représentent la réalité, la vraie vie. Passer une audition n'est peut-être qu'un rêve.

Je l'ignore, mais quoi qu'il en soit, le ciel était d'un bleu pur exempt de nuages. J'aurais aimé que cette vue, par sa simplicité et son authenticité, me rassure, mais ce ne fut pas le cas.

À gauche de la table, un peu en retrait, attendait un homme d'une trentaine d'années qui se tenait derrière une caméra qu'il dirigeait vers le devant de la pièce. L'endroit était éclairé de deux spots qui, eux, étaient orientés vers un tabouret.

Sans m'en rendre compte, je triturais nerveusement ma bouteille d'eau qui émettait des petits *couic couic*.

— Mademoiselle Forget-Asselin ? dit celui qui paraissait être responsable de la rencontre, après que l'homme qui était venu me chercher lui eut remis mon numéro de convocation.

Je hochai la tête par petits coups nerveux, sans pouvoir répondre.

— Je suis Pierre Du Marché, directeur artistique de l'agence *The World*, chargé de faire passer les auditions. Voici Hélène Fontaine, metteuse en scène de la comédie musicale *Roméo et Juliette*, et son assistant, Yves Vadeboncœur. Sean Thomas, éditeur, concepteur et réalisateur pour la maison de disques Beatbox, et Anna-Maria Candido, productrice déléguée. Nous formons à nous cinq le jury qui va déterminer qui fera partie de la distribution du spectacle.

Pendant que le directeur artistique m'expliquait tout cela, je ne cessais de secouer la tête, même si je ne retenais pas un mot de ce qu'il me disait. J'étais dans un tel état de nervosité que je ne me rappelais même plus mon propre nom, alors celui des autres ! J'avais l'impression qu'à chaque instant mes jambes allaient céder et que j'allais m'étaler de tout mon long.

— Je sais que vous êtes nerveuse et c'est tout à fait normal, poursuivit-il comme s'il lisait dans mes pensées, mais Julia… je peux te tutoyer et t'appeler par ton prénom ?

— Wouiiii, arrivai-je à articuler, d'une voix à peine audible, comme celle d'une gamine de trois ans.

— Julia, je veux que tu chantes comme tu le fais chez toi, dans ta chambre. Oublie tout ceci, déclara-t-il en désignant de la main l'ensemble de la pièce et la caméra, et oublie notre présence…

« Oui !… Facile à dire, oublie notre présence… Et je fais ça comment ?! Vous pourriez sortir de la pièce et me laisser seule ! Là, je parviendrais peut-être à vous oublier », pensai-je.

— Nous t'écoutons, Julia… quand tu es prête.

« Quand je suis prête… j'ignore si je le suis. Le serai-je un jour ? »

Je savais que les auditions se faisaient *a capella* et que je devais me calmer pour éviter que ma voix tremble, mais j'éprouvais de sérieuses difficultés à le faire. Je pris une petite gorgée d'eau et tentai de me concentrer quelques secondes avant de me lancer. Je ne pouvais plus reculer, je devais foncer, et aller jusqu'au bout. C'était le moment ou jamais. Je me raclai la gorge deux, trois fois et commençai enfin. À ce moment précis, aussitôt que je me mis à chanter les premières mesures, j'eus pendant quelques secondes le sentiment particulier de tomber dans le vide.

J'avais décidé d'interpréter la chanson *Tu trouveras,* de Natasha St-Pier. J'aime cette mélodie que je fredonne tout le temps et je savais que je la maîtrisais bien, qu'elle me mettait en valeur. D'ailleurs, mon timbre de voix ressemble à celui de la chanteuse, selon ma mère. Je lançai la première note, je sautai dans le vide, mais ma voix se cassa.

Je sentis alors une onde d'anxiété partir de mes pieds et remonter le long de mon échine. Une grande bouffée de chaleur envahit aussitôt mon corps, mon front se perla d'humidité et mes mains devinrent moites. J'allais craquer. Je ne devais pas perdre mon sang-froid, pas maintenant. Je devais me contrôler, même si la seule chose qui me venait en tête était la fuite. Quitter les lieux en courant sans me retourner.

« Reprends-toi, Julia ! Reprends-toi », m'ordonnai-je.

Allais-je laisser passer ma chance à cause de cette nervosité idiote qui m'engourdissait le corps et l'esprit ? Je devais réagir, sinon je passerais mon tour et toute cette histoire s'arrêterait là.

— Julia, me dit alors Hélène Fontaine, la metteuse en scène, sur un ton doux et rassurant.

Je la regardai en tremblant, presque en état de panique.

— Tu dois te calmer, sinon tu n'arriveras à rien. Nous savons que c'est très difficile de te trouver là, devant des inconnus à qui tu dois vendre l'idée que tu es faite pour le chant et pour le rôle de Juliette. Nous sommes persuadés que tu chantes très bien, sinon tu ne serais pas ici. Ton « démo » nous a prouvé que tu avais ce que nous recherchons. Et c'est pour cela que nous t'avons convoquée aujourd'hui. Tu as passé l'étape de la première sélection, et maintenant, nous devons t'entendre en direct. Tu vas donc prendre une grande inspiration ou deux, et nous interpréter ta chanson, d'accord ? Ferme les yeux une minute, fais le vide autour de toi et concentre-toi… Vas-y quand tu es prête, Julia, nous t'écoutons.

J'étais obnubilée par sa voix et son calme, et je sentais la pression redescendre d'un cran grâce à sa douceur. Elle me mettait en confiance et j'eus envie de lui montrer qui j'étais et que je pouvais faire ce qu'elle attendait de moi.

Pour elle, pour moi, je fermai les yeux, pris donc une profonde inspiration puis me mis à chanter. Quelques secondes suffirent pour que je reprenne enfin le contrôle de moi-même. Après quelques mesures, toute la pression disparut comme par enchantement. Je me sentais décoller et, à ce moment précis, j'étais heureuse.

Plus rien n'existait autour de moi, j'étais seule au monde : plus de jury, plus d'hôtel, plus d'auditions, plus de stress… J'étais moi-même, juste moi, et je m'exécutais. C'était toujours ce qui se passait quand je me mettais à chanter, un phénomène extraordinaire se produisait alors : je me coupais de la réalité, du monde autour de moi. Je prenais mon envol et ça me transportait ailleurs. Le chant me libérait de tout, de mes peines, de mes frustrations, de mes appréhensions et de mes doutes. C'était pour moi un exutoire par lequel je me soulageais de mes états d'âme.

J'interprétai donc ma chanson, fière de moi et maintenant parfaitement sûre de mes capacités. Lorsque j'eus fini, j'entendis une voix qui me ramena à la réalité, celle du directeur artistique, Pierre Du Marché :

— Merci, Julia, c'était très bien. Tu as une voix exceptionnelle que tu contrôles plutôt bien. Tu hésitais en commençant, mais tu t'es ressaisie, faisant preuve d'une grande maîtrise de tes moyens. Ce qui représente une force de caractère, une volonté indéniables. Bravo ! Ce sont des qualités essentielles pour réussir dans ce milieu. Je ne doute pas qu'une carrière de chanteuse t'attende, tu en as les qualités.

— Merci, dis-je simplement, trop émue pour ajouter quoi que ce soit.

— Nous devons maintenant en discuter entre nous. Tu dois retourner dans la salle d'attente jusqu'au moment où nous t'informerons de notre verdict, c'est-à-dire dans quelques minutes.

Je lançai un merci ensoleillé, heureuse de ma prestation et portée par la certitude d'avoir bien accompli ma tâche. J'étais maintenant convaincue d'avoir réussi l'audition, certaine d'être prise, surtout après ce qu'on venait de me dire.

❦

CHAPITRE 6

Lorsque je sortis de la salle en poussant l'un des lourds battants de la double porte, Chantal, toujours au garde-à-vous près de l'entrée, se précipita vers moi et me prit dans ses bras quelques instants. La voix teintée de nervosité et d'émotion, elle me dit :

— Je t'ai entendue... Tu étais très bien ! Il me semble que ça s'est bien passé. En tout cas, d'ici, ce qui nous parvenait donnait l'impression que tu contrôlais parfaitement ta voix. Bravo, ma chérie !

Je plongeai mon regard vert dans le sien en tentant d'y trouver je ne sais trop quoi, une réponse, une lueur qui m'aiderait pour la suite des choses, à faire face à cette nouvelle attente qui me semblait bien pire que celle que je venais de vivre avant l'audition. Avais-je réussi à convaincre les membres du jury que j'étais celle qu'il leur fallait pour tenir le rôle de l'héroïne de Shakespeare, dans leur comédie musicale? Je ne perçus rien d'autre dans les yeux de ma mère que de la fierté et l'amour qu'elle avait pour moi. Je ne lui dirai certainement jamais, du moins pas tout de suite, mais ce que j'y lisais était énorme et me comblait au plus haut point. Elle me rassurait, comme toujours. À cet instant précis, je sentis monter en moi une grande vague de tendresse pour ma mère, réalisant soudain tout ce qu'elle avait fait pour que je sois là, en ce grand jour. Elle croyait en moi, ça se voyait, ça émanait d'elle. Je le ressentais pleinement et lui en serais éternellement reconnaissante. Elle me permettait de réaliser mon rêve, elle m'offrait son soutien et y mettait toute son énergie, n'était-ce pas là une preuve d'amour inconditionnel?

— Ils vont délibérer, dis-je.

— Oui, je sais, la jeune fille qui nous a accueillies m'a expliqué comment se déroulait la suite des événements. Ils passent des groupes de dix personnes et en retiennent ou non sur le nombre. Nous devons retourner nous asseoir en attendant leur réponse. Il leur reste encore deux autres personnes à voir avant qu'ils nous fassent connaître leur avis.

Et c'est ce que nous fîmes. Nous retrouvâmes nos chaises et patientâmes dans un silence presque religieux. Je constatai que les murmures des premières heures avaient fait place au silence, à part quelques chuintements ici et là. Très peu de gens conversaient dans la salle, comme si tout le monde était concentré sur ce qu'il avait à faire, que ce soit ceux qui n'étaient pas encore passés ou ceux qui, comme nous, attendaient la suite. D'où nous étions assises, nous ne percevions que des bruits diffus de la salle de conférence où se déroulaient les auditions. La voix de la fille qui auditionnait juste après moi semblait si lointaine qu'il était difficile d'en apprécier la qualité et la justesse. C'était très angoissant. Le stress que je ressentais à mon arrivée s'était maintenant transformé en anxiété face à cette longue et terrible attente. J'imaginais maintenant mille et un scénarios tous plus débiles les uns que les autres. Chaque audition durait une dizaine de minutes, et pourtant, j'avais l'impression d'être passée des heures auparavant. Il me semblait que la candidate qui m'avait suivie était entrée dans la salle depuis des lustres!

L'une des portes s'ouvrit enfin pour la laisser sortir et la pauvre arriva en pleurs. Ses parents se précipitèrent vers elle pour l'emmener rapidement en retrait, loin du regard des autres et de la satisfaction de certains devant cette image bouleversante. Car il ne fallait pas se leurrer, pour plusieurs, cette scène signifiait que la jeune fille avait échoué son bout d'essai et qu'elle était donc éliminée de la course.

Une de moins! C'est terrible, je le sais, mais c'est comme ça. On ressent de la compassion pour ceux qui échouent, mais intérieurement, on éprouve aussi un soulagement, et j'irais même jusqu'à dire une certaine satisfaction. Sitôt qu'une éventuelle Juliette se présentait, nous la dévisagions pour voir si elle avait la tête de l'emploi. Trop moche, pas assez ci, pas assez ça, mauvaise peau ou trop maigre, nous estimions en un regard nos propres chances de réussite.

Je suivis des yeux la candidate en pleurs, tout en sentant monter en moi une grande appréhension, réalisant du même coup à quel point cette situation était intenable!

Il fallait être fou pour subir ce genre de pression, volontairement. Tout cela en valait-il vraiment la peine? Voilà l'une des questions qui me taraudaient depuis que j'avais mis les pieds dans cet hôtel. Mon rêve était de devenir chanteuse, mais étais-je réellement prête à faire les sacrifices nécessaires ? J'avais toujours pensé que oui, mais maintenant que j'y étais, je n'en étais plus aussi sûre. Je dois avouer que je n'avais jamais imaginé que ce serait si difficile, si exigeant d'un point de vue émotionnel. Bien entendu, mon rêve de faire carrière dans la chanson était toujours aussi ancré en moi, il m'habitait comme jamais auparavant, mais ce nouvel environnement venait jeter une ombre au tableau idyllique que je m'étais si souvent imaginé. La réalité était bien différente de celui-ci. Toutefois, j'en vins à la conclusion que malgré toutes les interrogations qui m'assaillaient depuis le commencement de cette histoire, soit depuis la seconde où j'avais lu l'annonce dans le journal, je savais que je voulais continuer la route, même si c'était beaucoup plus ardu que je ne l'avais pensé. Mon désir de chanter s'adaptait à chaque situation et à chaque nouvelle désillusion. Je vivais constamment de nouveaux conflits, qui m'amenaient à remettre en doute mes choix, mais malgré tout, l'envie demeurait. Peut-être était-ce ça, vieillir : devenir réaliste.

Je m'étonnais de toute cette introspection. Je n'étais pas trop du genre à me questionner sur mes états d'âme ni à chercher midi à quatorze heures le pourquoi du comment ! Cette démarche me faisait prendre conscience que, bien malgré moi, je mûrissais, comme disent les adultes, grâce à cette première grande étape de ma vie. Chantal m'avait dit que j'en retirerais une grande expérience et c'était bien vrai. J'étais devenue plus lucide, et cela, peu importe ce qui allait suivre. Eh oui, cette nouvelle capacité à analyser mes sentiments signifiait certainement que je me détachais de l'enfance. Je saisissais maintenant quels seraient les enjeux pour parvenir à mes fins, et à quel point ce serait exigeant, du moins je le croyais. Je m'étais maintes fois imaginée en train de répondre aux journalistes combien j'avais travaillé fort pour arriver au sommet, mais aujourd'hui seulement, je réalisais ce que cela impliquait vraiment.

Pourtant, j'étais prête à faire ce qu'il fallait pour y arriver. Nous devons continuellement revoir nos positions, car la vie elle-même est perpétuellement en mouvement. Rien n'est jamais sûr, certainement pas nos pensées !

Je ne vis pas la dernière candidate sortir de la salle où avaient lieu les auditions tellement j'étais perdue dans mes réflexions philosophiques. C'est ma mère qui me prit la main, ce qui eut pour effet de me ramener à la réalité.

— Nous y sommes, dit-elle simplement.

Elle paraissait si agitée. Je voyais à la nervosité de ses gestes qu'elle vivait, elle aussi, des moments stressants.

— Maman ?

Chantal se retourna pour me demander de son regard vert : « Quoi ? »

— Pourquoi es-tu si anxieuse ? lui demandai-je.

Elle se passa plusieurs fois la langue sur les lèvres, c'était un tic qu'elle avait lorsqu'elle cherchait à préciser sa pensée. Je la contemplai en attendant sa réponse. Elle était si belle… Ça me plaît beaucoup de savoir que je lui ressemble. Béa a, elle aussi, hérité de la beauté sauvage de Chantal. Heureusement, parce que notre père n'est pas très beau, même si notre mère nous assure qu'il avait énormément de charme. C'est toujours ce que l'on dit de ceux qui sont moins beaux. Je ne prétends pas que pour plaire aux gens la beauté est l'unique critère qui doit compter. Dans les faits, je préfère ceux qui ont du charme à ceux qui sont trop « plastiques », mais nous avons hérité de ce gène, je ne vais pas le nier.

— Je suis horriblement nerveuse, tu veux dire ! C'est que, vois-tu, ce que tu vis est une grosse étape dans ta vie. Et... disons que je m'inquiète pour la suite... pour ce qui va se passer.

J'allais lui demander de mieux s'expliquer quand la jeune fille de l'accueil s'approcha de nous pour nous inviter à la suivre.

Le moment fatal était enfin arrivé et j'allais finalement savoir dans les prochaines secondes si je poursuivrais ou non cette incroyable aventure. Intérieurement, et même si c'était quelque chose qui m'était totalement inconnu, je me mis à prier. Comme si j'avais besoin de croire qu'une force ultime, supérieure, pouvait se manifester et influer sur la suite, au-delà de la performance que j'avais donnée dans cette salle de conférence. Un acte divin, un miracle, certains y croyaient, alors pourquoi pas ?

On nous fit retourner dans la salle. Nous étions dix. Dix filles unies par le même désir. Dix adolescentes portées par leur rêve.

– Mesdemoiselles... commença Pierre Du Marché, nous allons procéder de la façon suivante : je vais nommer deux personnes et ce sont celles-ci seulement qui passeront à l'étape suivante, les autres devront rentrer chez elles. Nous tenons à vous informer que la décision est

IRRÉVOCABLE, précisa-t-il en insistant sur ce dernier mot.

L'homme marqua un temps d'arrêt et reprit :

— Nous souhaitons avant tout vous dire que ce ne fut pas facile de choisir, car vous êtes toutes très talentueuses, vous avez toutes de grandes capacités et ce n'est pas parce que vous n'êtes pas retenues que vous devez vous arrêter là. Votre déception sera grande, mais dites-vous qu'il y aura d'autres auditions, d'autres occasions, fit-il en nous regardant toutes une par une. Un refus ici ne met pas fin à vos rêves, vous devez continuer d'y croire, mais pour cette aventure, il ne peut y avoir qu'une seule Juliette. Nous ne pouvons pas toutes vous garder, malheureusement.

Pierre Du Marché fit une autre pause, toussa, puis déclara :

— Voici les noms des deux filles qui restent dans l'aventure : Cassandra Brisebois et Jennifer Stewart-Pinchaud.

Avez-vous déjà éprouvé une impression de tomber dans le vide ? De perdre pied ?

C'est ce que je ressentis à ce moment précis. J'étais en chute libre. Les bruits autour de moi devinrent diffus et les images tout autant. Je n'entendais plus rien comme si, soudainement, la réalité n'était plus mienne, comme si je mourais, et que mon âme me quittait. Je ne comprenais pas, je ne saisissais rien de ce qui se passait autour de moi.

Une seule chose m'habitait, l'envie de hurler : « Non !… Non… non… Vous vous êtes trompé, monsieur Du Marché ! C'est impossible, vous vouliez dire Julia Forget-Asselin ! Regardez vos fiches, vos notes, demandez aux autres membres du jury, vérifiez… Je vous en prie, vérifiez. Vous ne pouvez pas… C'est impossible… »

Je sentis à peine deux bras m'enlacer pour me traîner vers la sortie. J'étais totalement inconsciente de ce qui se passait autour de moi. Je reconnus à travers le rideau de mon inconscience Sean Thomas de la maison de disques Beatbox qui me soutenait. Je quittai la pièce comme une automate, sans réaction, sans rien dire, comme si j'étais… morte !

En sortant, j'aperçus une fille de mon âge s'écrouler au sol en pleurs, tandis qu'un homme, son père probablement, se penchait sur elle pour la consoler, lui-même visiblement bouleversé. J'en vis quelques-unes au visage transfiguré par les larmes et la peine. Une autre se mit à crier que le concours était truqué et qu'il y avait de la triche, que c'était impossible autrement, qu'elle était la seule Juliette digne de ce nom. Mais moi, je n'étais pas là, c'est comme si je voyais les événements de l'extérieur, puisque je devais certainement être morte ! Je devais être en train de rêver et dans un instant j'allais me réveiller, mon réveil allait sonner et j'irais à l'école. Ce n'était qu'un autre de ces cauchemars que je faisais depuis des semaines.

On me prenait le bras à la hauteur du biceps pour m'emmener loin de cet endroit et je suivais cette personne sans réagir, machinalement. Après tout, je rêvais.

.•.

Selon Chantal, je demeurai dans cet état de longues minutes. Elle m'avait entraînée dans l'une des salles de bains de l'hôtel en pensant que c'était l'un des endroits où nous aurions plus d'intimité en attendant que la crise passe. Et elle me confia plus tard qu'elle était terriblement inquiète de voir ma réaction, parce que justement, je n'en avais aucune. Je gardais tout au fond de moi. J'agissais comme un zombie.

—Julia... dit-elle enfin. Julia ? Julia, sais-tu ce qui vient de se passer ?

Je demeurai silencieuse.

— Julia, réalises-tu que tu ne feras pas la comédie musicale, que tu n'as pas été choisie ? me demanda-t-elle avec autorité, en me saisissant par les épaules comme pour me forcer à réagir.

Je crois que c'est la fermeté de son ton qui me ramena à la réalité et non ses paroles, que je refusais évidemment d'entendre.

— Pas choisie ?... répétai-je d'une voix de petite fille prise à défaut.

— Non, ma chérie, tu n'as pas été choisie pour le rôle... Est-ce que tu comprends ?

Si je comprenais ? Si je comprenais ? Je ne comprenais que ça... Je n'avais pas été prise. Pour toute réponse, j'éclatai en pleurs en me laissant choir sur les dalles de marbre froides de la salle de bains.

Chantal m'entoura de ses bras et nous demeurâmes ainsi prostrées de longues, très longues minutes. J'ignore combien de temps exactement, mais il me semble qu'une éternité s'écoula dans cette luxueuse salle de bains. Je pleurai toutes les larmes de mon corps. Je ne fis pas de crise, je ne hurlai pas, je pleurai, silencieusement, totalement anéantie par cette nouvelle.

Jamais je ne m'étais préparée à cela et pourtant j'y avais songé. Chantal m'avait mise en garde, elle m'avait bien dit que ça pouvait arriver, elle avait tenté de m'expliquer à quel point la déception serait terrible. À quel point elle serait dévastatrice. J'y avais réfléchi, un peu, mais il m'avait été impossible à ce moment-là d'imaginer un tel bouleversement, car je ne voulais pas y penser. Mon excitation était alors trop grande et trop merveilleuse pour envisager ce dénouement. Échouer ne faisait pas partie de mon plan de carrière, je devais être une star internationale !!!

Mais là, je vivais le pire. Je n'avais encore jamais ressenti un tel vide, un tel sentiment de rejet, jamais éprouvé un tel chagrin, jamais vécu un tel malheur. Ciel, que c'était douloureux ! Michel, notre père, nous avait quittées, certes, mais j'étais jeune à cette époque et je n'avais pas réalisé le vide que cela engendrait. Son départ m'avait causé une part de tristesse au quotidien, mais celle-ci s'était équilibrée d'elle-même grâce aux petites habitudes qui s'installèrent pour contrebalancer son absence. Mais là, la nouvelle me foudroyait. On ne me l'avait pas annoncée par petites doses, non. On me l'avait envoyée à la figure, sans préparation, sans préambule, sans anesthésie, à froid ! Le verdict était brutal.

La désillusion était immense, plus grande que ce que j'aurais pu imaginer si je m'étais arrêtée pour y penser au préalable. On venait de piétiner mon rêve.

••••

Je ne me rappelle pas vraiment le retour à la maison, ni même ce qui suivit après. Je sais simplement que ma mère, avant de quitter l'hôtel, avait demandé à Michel de prendre Béa avec lui pour le week-end. Et pour une fois, ça m'était égal, tout m'indifférait. Je me réveillai donc le samedi matin, seule. Le calme régnait dans la maison, ce qui en soi était quelque chose d'exceptionnel. Vêtue d'un gros pull de laine ayant appartenu à mon père et que je portais dès les premiers signes de froidure, de mon bas de pyjama en polar et de grosses chaussettes en… je ne sais pas quoi ! je rejoignis Chantal à la cuisine, où elle était en train de prendre son petit-déjeuner tout en feuilletant le journal.

— Tu as faim ? me demanda-t-elle après m'avoir embrassée.

Je sentais dans sa voix tout le respect qu'elle avait pour ma tristesse.

Elle n'aborderait pas le sujet de cette défaite tant que je n'en permettrais pas l'accès. Elle était comme ça.

– Oui.

Oui, j'avais faim. Après tout, je vivais une profonde désillusion, pas un drame. Personne n'était mort, ce n'était pas non plus une peine d'amour. Non, rien de tout ça. Je subissais simplement une horrible et profonde déception. La plus grande, certes, que j'ai jamais vécue à ce jour, mais je survivrais. La pilule allait finir par passer. Quelques jours de déprime et allez hop ! je serais de nouveau d'attaque.

Je souris donc à ma mère pour lui donner le change, car je voyais bien qu'elle était inquiète. Le regard dans le vide, je bus tranquillement mon jus d'orange, réfléchissant à ce que je ferais durant le week-end. Je devais me changer les idées. Une copine organisait une fête pour son anniversaire, je décidai d'y aller. Soudain, une déplaisante réalité me frappa : j'allais devoir annoncer mon échec à tout le monde, y compris, bien sûr, à mes amis... La honte totale !

CHAPITRE 7

Contrairement à ce que j'avais cru les premiers temps après avoir appris la désastreuse nouvelle, je mis rapidement toute cette histoire derrière moi. Je repris mes habitudes, et tous mes amis et ma famille me soutinrent, ce qui eut pour effet de me faire passer plus facilement au travers de ma déception. Je ne m'attardais pas sur l'aventure, et lorsqu'on m'en parlait, j'expliquais avec détachement que c'était du passé et que c'était bel et bien terminé.

???

Du moins, j'essayais de m'en persuader. Je préférais laisser tomber toute l'affaire, cesser d'y penser en tentant de me convaincre, naïvement, que le temps et mes occupations m'éloigneraient chaque jour un peu plus de ces horribles moments. Mais un soir, ma mère me demanda à brûle-pourpoint :

— Tu ne parles jamais de la comédie musicale et de l'audition, Julia, et ça m'inquiète !

— Et pourquoi est-ce que ça t'inquiète ? lui demandai-je, un peu sur la défensive.

Chantal passa plusieurs fois sa langue sur ses lèvres. Elle n'était vraiment pas le genre de mère à nous forcer la main, elle nous laissait généralement évoluer dans nos choix. Mais dans les circonstances, et je le compris plus tard, elle choisit de s'en mêler afin que je ne passe pas à côté de quelque chose d'important pour moi :

— Je te connais, Julia Forget-Asselin, et plutôt bien… Ton comportement et ta tendance à taire les événements démontrent clairement que tu vis mal avec la décision du jury de ne pas t'avoir retenue pour le rôle principal ! Tu n'as pas encore digéré le fait que tu ne feras pas partie de la distribution de *Roméo et Juliette*, me lança-t-elle, comme ça, tout de go, sans avertissement, sans préavis, à froid.

Décidément, ça devenait une habitude, cette franchise de sa part à mon égard ! Était-ce, ça aussi, parce que je vieillis ? Parce qu'on avance en âge et que cela sous-entend que l'on saisit un peu plus les choses dans leur ensemble, nos proches ne prennent plus de gants avec nous ? On ne nous ménage plus, sous prétexte que nous approchons de l'âge adulte ? Je remarquais depuis quelque temps que mes parents et les adultes autour de moi n'avaient plus le même discours, et ne s'adressaient plus à moi de la même façon. Apparemment, parce que je vieillissais, donc que je comprenais. Mais qu'est-ce que je comprenais ? Personnellement, je ne me sentais pas différente de l'année d'avant.

Je la dévisageai pendant de longues secondes et je sentis monter en moi quelque chose d'étrange, quelque chose que je devais à tout prix éviter de laisser grandir et encore plus de laisser sortir. Mais ma chère mère ne s'arrêta pas là.

— Tu dois me dire comment tu as vécu cette décision. Tu dois exprimer ta frustration et surtout accepter ce revers. Je sais à quel point tu espérais voir ton rêve se réaliser grâce à cette comédie musicale. Que comptes-tu faire maintenant ?

— Ce que je compte faire ? répétai-je en écarquillant les yeux.

Je sentis les larmes prêtes à jaillir et j'essayai de mon mieux de les refouler et de me contenir.

Je n'aimais pas du tout la tournure que prenait cette conversation. Mais, me lever et partir me réfugier dans ma chambre aurait donné raison à ma mère. Elle se serait alors acharnée jusqu'à ce que j'avoue en hurlant ce qu'elle souhaitait entendre. Car sous la torture, on est prêt à tout avouer, même ce qui n'existe pas. Mais Chantal n'était pas dupe.

— Oui ! Aimerais-tu que nous approchions des agences de production pour voir ce qu'elles ont à offrir ? Désires-tu poursuivre ton rêve de devenir chanteuse ou tu laisses tout tomber ? Ta déception t'a-t-elle dégoûtée du chant ? Je ne le crois pas, très honnêtement.

Elle insistait, tournant toujours plus fort le fer dans la plaie.

Mon estomac se mit à gargouiller de façon étrange, comme si j'avais attrapé ce que l'on appelle vulgairement la « turista ». Je savais très bien ce que c'était, j'avais éprouvé ce genre de désagrément lors d'un voyage au Mexique, deux ans auparavant. L'expérience n'était pas assez lointaine pour que j'en oublie les effets !

Soudain, je me sentis mal et mon pouls s'accéléra. J'allais répondre lorsque je m'élançai vers la salle de bains, malade, comme si un volcan entrait en éruption. Comme si, pendant tout ce temps, il s'était préparé à éclater et que la simple question de Chantal avait suffi à déclencher son jaillissement.

En réalité, je subissais le contrecoup de ma grande déception. La chose m'avait atteinte bien plus profondément que ce que j'avais bien voulu laisser croire. Le fait que je ne sois pas choisie pour jouer dans cette comédie musicale, qu'on me refuse l'accès à mon rêve, celui que je caresse depuis que je suis toute petite, me rendait visiblement malade. Je m'étais dit que la chose n'était pas si grave, et que je n'avais qu'à ne pas y penser pour qu'elle disparaisse. Mais en réalité, j'étais terriblement frustrée et ce rejet me mettait hors de moi. Il fallait que j'évacue cette déception qui, de toute évidence, me rongeait les tripes. Et Chantal venait d'ouvrir les valves!

Cette soirée fut à la fois horrible et libératrice, car comme le disait si bien ma grand-mère, je « laissais sortir le méchant » !

Quand je songe à ces instants, je me rends compte que lorsqu'on vit une grande déception, elle peut être encore plus dévastatrice si on feint de l'ignorer. J'imagine que Chantal a connu ça pour avoir su exorciser ce que je ressentais au fond de moi. Sinon, elle n'aurait sans doute jamais pu le deviner et n'aurait pu insister pour que j'expulse ce que je vivais alors. Je le lui demanderai un jour.

La routine reprit ses droits et l'arrivée des fêtes vint me changer quelque peu les idées. Cette période a toujours eu sur moi un effet magique. Elle me met dans un état de bien-être, de bonne humeur. J'adore Noël, c'est le moment de l'année que je préfère. De plus, je devais étudier en vue des examens de fin d'étape et je décidai de concentrer toutes mes énergies sur les semaines à venir. Tranquillement, je fis mon deuil de cette histoire de comédie musicale, et j'appris à me détacher de la déception qu'elle m'avait causée. J'avais pleuré tout mon soûl, comme on dit, je pouvais maintenant passer à autre chose.

Je me détournai également du chant. Depuis ma prestation dans la salle de conférence de ce chic hôtel de Montréal, je n'avais pas chanté de nouveau et je n'étais pas non plus retournée au cours de Mme Gariépy. Je n'en ressentais pas l'envie et encore moins le besoin. Peu à peu, j'en vins à me convaincre que ce n'était peut-être plus une nécessité pour moi et que je pouvais très bien vivre sans cette activité. En tout cas, je décidai d'attendre un peu avant de reprendre mes exercices de chant.

Chantal s'en étonna et m'en fit la réflexion à quelques reprises durant les semaines qui suivirent, mais elle n'insista pas. Je crois qu'elle devait penser, tout comme moi d'ailleurs, que c'était normal après ce que je venais de vivre, et que mon désir de pousser la note reviendrait éventuellement. Entre vous et moi, je n'en parlais à personne, mais j'avais parfois l'impression que je ne chanterais plus jamais, que c'était fini. Que l'audition manquée m'avait permis de constater que ce beau rêve n'était pas pour moi. Je m'imaginais mal revivre une nouvelle fois une telle déception. Non, je préférais oublier la chanson pendant un temps. Ce ne serait pas difficile, des loisirs intéressants, il y en avait des millions, il me suffisait de m'intéresser à l'un d'eux. Justine, ma voisine, était férue d'agronomie, Sara, d'informations internationales, de scandales politiques et d'enquêtes journalistiques, Béa collectionnait les papillons et se passionnait pour les insectes… Il y avait certainement quelque chose d'autre pour moi! Je n'avais qu'à trouver. J'aimais lire et dessiner, je n'avais donc qu'à m'y mettre.

C'est fou comme on arrive à se faire croire bien des choses, quand on veut. Et pourtant, au moment où je me faisais ces réflexions, j'en étais fermement convaincue! Je voulais tourner la page et vivre autre chose. Mais nous savons que les passions ne s'éteignent pas comme ça, n'est-ce pas? Sinon, ce serait trop facile. Si c'était si simple, personne ne vivrait jamais de drames à cause d'un amour compliqué ou de déceptions pour une flamme qui les habite au point de tout oublier. Les gens ne seraient pas malheureux…

Les passions dictent nos vies.

·•·

Geneviève, Sara, Kevin, Marc-Olivier et moi passions tout notre temps ensemble quand nous n'étions pas en train d'étudier. Nous allions au cinéma, jouions à des jeux vidéo chez Mo, ou encore, refaisions le monde au casse-croûte du coin en mangeant des frites sauce.

Le lendemain de ma désastreuse audition, ils étaient tous venus me chercher pour la fête chez Émilie, une amie de l'école. Le premier à se présenter chez moi fut Mo, et lorsque j'ouvris la porte, il me prit dans ses bras sans dire un mot. J'avoue que j'en demeurai étonnée, mais depuis quelque temps, je trouvais que son attitude à mon égard changeait et je me demandais bien ce qu'il avait en tête.

— Je suis désolé pour hier… me dit-il simplement, en relâchant son étreinte. Je suis là, si tu as besoin de quelqu'un…

J'allais répondre que tout était OK, mais le reste de la bande arriva. Je remarquai alors le regard un peu agacé de Geneviève quand elle s'aperçut que Marc-Olivier était déjà chez moi. Je ne comprenais pas trop ce qui se passait entre ces deux-là, mais j'en conclus qu'ils s'étaient peut-être chicanés. Très honnêtement, et bien que je le déplore, c'était pour l'heure le cadet de mes soucis. Je n'avais pas tellement l'esprit à vouloir connaître la cause du froid entre eux et, à ce moment-là, je jugeai que ce n'était pas mes oignons. Les petites mésententes intestines de notre groupe n'étaient pas ma priorité dans les jours de ce que j'appelle « l'après-audition » !

Nous nous rendîmes donc à cette soirée qui se passa plutôt bien, du moins elle ne fut pas aussi terrible que je l'avais présagé. En réalité, Émilie était l'unique centre d'attraction de la fête, ce qui faisait parfaitement mon affaire. C'était d'ailleurs pour cette raison qu'elle invitait habituellement toute l'école. Elle faisait ça chaque année, car elle voulait être la reine de cette journée. Émilie venait d'une famille assez bien nantie. Son père était médecin au centre hospitalier de la région et sa mère avait un cabinet de dentistes. Émilie se plaisait à dire que ses parents ne lui refusaient rien (une autre!).

Vers les vingt et une heures, quelqu'un eut la brillante idée de mettre un *slow*. Nous étions tous les cinq assis dans un coin du sous-sol, en train de discuter, lorsqu'un gars que je ne connaissais pas vraiment vint m'inviter à danser avec lui. Je refusai, je n'en avais pas envie, et ce fut alors que je vis dans les yeux de Mo un petit quelque chose que je n'avais jamais vu auparavant. Un mélange de jalousie et de satisfaction évidente devant mon refus.

Cette attitude me laissa songeuse durant le restant de la soirée. Je m'interrogeais sur ce que j'avais décelé chez mon ami, mais en même temps, je me demandais si je n'interprétais pas mal sa réaction. N'empêche que Mo était toujours aussi protecteur envers moi et je me disais qu'il était temps que ça cesse. Je devais donc avoir une conversation avec lui.

CHAPITRE 8

Notre volonté à ignorer les événements qui soulèvent en nous des tempêtes d'émotions ne dure que le temps où l'on n'y est pas confronté, tant que l'on ne se retrouve pas en face de ce que l'on cherche à taire. Tant et aussi longtemps que l'objet de notre désir n'est pas devant nos yeux, nous parvenons à nous convaincre qu'il n'a plus aucun intérêt pour nous.

Je pensais que le rêve de faire carrière dans la chanson était désormais derrière moi. J'y songeais maintenant avec un brin de nostalgie. Depuis quelques jours, j'avais recommencé à chanter, mais juste pour moi, pour ma satisfaction personnelle, pour me détendre. La chose s'était faite le plus naturellement du monde, alors que j'étais sous la douche. Bien entendu, je ne passais plus des heures devant le miroir à prendre des poses et à observer comment je bougeais. Non, je chantonnais un peu partout dans la maison, en faisant du ménage, en aidant Chantal à préparer le repas ou lorsque l'occasion s'y prêtait. Le chant était devenu pour moi un moyen de m'apaiser et de me changer les idées. Je fredonnais des airs et ça me mettait de bonne humeur. J'avais transformé ma passion pour cet art en hobby, tout simplement.

Ouep ! Tout simplement…

Je ne rêvais plus à une carrière internationale, je chantais pour mon plaisir, et cette nouvelle réalité me comblait réellement de bonheur. Or, on ne peut ignorer longtemps ce qui nous habite, c'est impossible, un jour ou l'autre, on doit faire face à la situation. Ça reste tapi dans l'ombre jusqu'à ce que la vérité nous explose à la figure. J'allais bientôt le découvrir.

Nous étions à la veille de Noël et il était prévu que notre père, Michel, vienne nous chercher le lendemain en début d'après-midi. Nous passions donc le réveillon avec la famille de Chantal, qui venait festoyer chez nous, comme chaque année. Nous avions passé la semaine à décorer la maison, tant à l'intérieur qu'à l'extérieur, et à concocter un menu digne des plus grands restaurants.

Chantal aime cuisiner et elle est excellente. Toutes les occasions sont bonnes pour se regrouper autour d'un délicieux repas. En ce réveillon, nous devions donc déguster :

CANAPÉ DE FOIE GRAS ET SA CONFITURE DE
  CANNEBERGES
PERDRIX AUX POMMES ET AUX RAISINS
GRATIN DAUPHINOIS
SALADE D'ENDIVES ET DE NOIX
DUO DE MOUSSES AU CHOCOLAT NOIR ET BLANC
  ET SA DENTELLE DE SUCRE

Nous allions nous régaler, en pensant déjà qu'il nous fallait en profiter, car le lendemain, chez notre père, le repas serait, disons, plus traditionnel. La nouvelle femme de papa n'avait rien des talents culinaires de notre mère, et Michel m'en avait déjà fait la remarque, la voix chargée de regret.

La journée s'annonçait merveilleuse et l'on sentait dans toute la maison des nuances de gaieté. Même Béa était d'une humeur délicieuse. Elle n'avait pas une seule fois rouspété contre quoi que ce soit et allait même jusqu'à nous aider. Noël a toujours un effet magique sur chacun de nous.

Vers les dix-sept heures, je grimpai en vitesse dans ma chambre, en prétextant un rendez-vous avec Sara et Gen sur Facebook. Ce pieux mensonge me servait bien sûr d'excuse pour aller emballer le cadeau de Chantal. Je lui avais déniché chez un antiquaire de Trois-Rivières un livre français de recettes anciennes de la série *Le Club des femmes*, qui comportait une section intitulée « Le tour du monde en 80 recettes ». L'ouvrage se feuilletait avec bonheur, car il était joliment illustré, en plus de proposer des compositions de recettes très, très, très surprenantes. Elles étaient tout aussi extraordinaires qu'extravagantes. Parmi les plats inusités, on trouvait *les poussins farcis, le civet de lion de Nairobi, le jambon d'hippopotame,* ou encore *le singe rôti aux arachides.* Je vous jure que c'est vrai, je n'invente rien. Et attention ! La préface du livre informe les lectrices que l'ouvrage se veut nouveau dans son genre et totalement moderne de par son contenu ! J'imaginais en souriant la tête de notre boucher quand ma mère lui commanderait un jambon d'hippopotame, ou deux livres de viande maigre de lion, ou du singe !!! Seule dans ma chambre, je pouffais de rire en parcourant les pages de ce véritable bijou de l'art culinaire du début du XXe siècle. J'étais très fière de mon achat, certaine que Chantal allait l'apprécier.

La sonnette de l'entrée carillonna et j'en fus légèrement surprise. Jamais personne ne sonnait. Généralement, les membres de la famille et les amis frappaient au carreau de la vitre de la porte, ou utilisaient le heurtoir à tête de chien, puis entraient aussitôt. Je fronçai légèrement les sourcils, car les voix qui me parvenaient du rez-de-chaussée m'étaient inconnues. Quelques paroles diffuses furent échangées et j'entendis des pas dans l'escalier qui menait à l'étage. Je reconnus celui de Chantal, comme les deux petits coups qu'elle cogna à ma porte, toujours selon la même façon de faire. Elle ouvrit légèrement, tandis que je plaçais mon oreiller sur le livre que je n'avais pas encore réussi à emballer.

— Veux-tu descendre, s'il te plaît, il y a en bas des gens qui aimeraient te rencontrer.

J'eus un mouvement de recul, intriguée par le mystère que mettait ma mère dans son invitation.

— Qui ? demandai-je, le front plissé.

— Viens, dit-elle simplement. Et arrange un peu tes cheveux, on dirait que tu viens de te battre avec Béa… et qu'elle a eu le dessus !

Quelques minutes plus tard, j'apercevais dans le salon deux hommes, dont un que je reconnus aussitôt. Je ne me rappelais plus son nom, mais il était présent lors de l'audition pour *Roméo et Juliette*. Je m'arrêtai dans l'entrée du salon, très étonnée de le voir là. Je jetai un regard à ma mère, qui me souriait d'un air entendu.

— Bonjour, Julia, te souviens-tu de moi ? Je m'appelle Sean Thomas et je travaille pour la maison de disques Beatbox.

J'acquiesçai de la tête, en me demandant ce qu'il pouvait bien faire là, chez moi, le soir du réveillon de Noël.

— Je te présente Xavier Carlos Pérez, mon assistant.

Je parvins à lui tendre la main pour serrer la sienne, mais mon visage devait être aussi marqué de questions qu'un mur d'école couvert de graffitis.

— Assieds-toi, s'il te plaît, nous aimerions discuter de quelque chose avec toi si tu n'y vois pas d'inconvénients.

J'obéis en regardant une nouvelle fois ma mère, qui venait de s'installer à mes côtés, toujours aussi silencieuse, et tellement mystérieuse.

— Julia, comme tu le sais certainement, la comédie musicale *Roméo et Juliette* est en répétition et prendra l'affiche ce printemps. Tu l'as probablement lu dans les journaux, je ne t'apprends rien.

Je hochai la tête par petits coups rapides.

— Nous savons que ta désillusion a été énorme quand nous ne t'avons pas prise pour le rôle principal, et nous comprenons que tu as dû vivre là une profonde déception.

Étrangement, une scène me revint alors à l'esprit. C'était lui, maintenant je le voyais clairement dans mon esprit, qui m'avait soutenue jusqu'à la salle d'attente après la rencontre avec le jury. Je chassai ce souvenir de mon esprit, après tout ça n'avait plus d'importance. Je ne répondis rien, mais je pense que mes yeux exprimaient toutes mes pensées puisqu'il ajouta :

— C'est normal. La déception est tout à fait compréhensible quand on espère fortement obtenir quelque chose.

— Que faites-vous ici, monsieur Thomas ? demandai-je, tout en sachant que ma mère désapprouverait mon impolitesse.

Mais la présence de ces deux hommes me rendait soudain frondeuse, car je ne voyais pas du tout ce qu'ils venaient faire chez moi un 24 décembre. Ils étaient en train de me gâcher aussi ma période de l'année préférée, je n'avais donc pas à être polie, du moins, je jugeais qu'ils ne le méritaient pas. Noël, ils ne connaissaient pas ça, chez Beatbox ?

— Oui, j'y arrive. Julia, lorsque tu as passé l'audition, nous avons remarqué la qualité de ta voix ainsi que sa puissance. Tu chantes très bien et tu as un grand talent…

— Ah oui ? le coupai-je. C'est certainement pour cela que je n'ai pas été retenue pour le rôle, lui lançai-je tout de go, sans délicatesse.

— Julia ! me réprimanda cette fois ma mère.

— Non, laissez tomber, madame, elle est désenchantée et c'est normal. Elle a tout à fait le droit de s'exprimer. Julia, dit-il en reportant son attention sur moi, ce n'est pas parce que tu n'as pas le talent que tu n'as pas été choisie, mais parce que tu ne correspondais pas à ce que le producteur recherchait pour le rôle. Ça n'a rien à voir avec la qualité de ta voix ni avec ce que tu es, tu ne correspondais pas au personnage de Juliette, c'est tout. Dans cette comédie musicale, le personnage de Juliette nous vient d'une autre époque et exige plutôt une jeune fille réservée, romantique et douce, image que tu ne projettes pas. Tu dégages au contraire une énergie, une témérité et une fougue que l'héroïne n'a pas. Même si la pièce a été revisitée et qu'elle propose une vision plus contemporaine, elle doit malgré tout présenter des personnages qui reflètent l'époque dont ils sont issus. Une telle histoire ne pourrait exister de nos jours… Tu me suis ? me demanda-t-il.

Je relevai aussitôt la tête. Tout le temps où il m'avait parlé, j'avais fixé ses chaussettes, que je trouvais très laides. Je réalisai alors que ce producteur de disques travaillant pour l'une des plus grandes agences en Amérique du Nord n'avait pas de chaussures et qu'il était assis dans notre salon, avec des horreurs aux pieds. Cette constatation me fit sourire intérieurement. J'imaginais très bien Chantal demandant à ces messieurs de retirer leurs bottes dans l'entrée. La voix de Sean Thomas me ramena à la réalité et je tentai de deviner où il voulait en venir et quelles étaient les raisons de sa présence chez nous.

— Qui es-tu ? lui lança Béa, qui rentrait de chez sa copine où elle avait passé l'après-midi, encore une fois (elle y était tout le temps maintenant !).

— Béa, sois polie, s'il te plaît, dit notre mère en se levant. Je suis navrée, messieurs, mes filles sont bien impolies, ajouta-t-elle en nous jetant un regard réprobateur.

— Bonjour, fit le producteur de chez Beatbox en s'adressant à Béa. Je suis un ami de ta sœur et voici mon assistant. Et toi, qui es-tu ?

— Je m'appelle Béatrice Forget-Asselin. Je suis la sœur de Julia et voici ma mère, Chantal, précisa-t-elle, tandis que Sean Thomas souriait devant la fraîcheur de sa réplique.

C'est vrai que c'était mignon, mais il ignorait tout du petit monstre qui se tenait devant lui ! Moi, je savais fort bien que Béa lui répondait ainsi dans l'unique but de se moquer du ton trop gnangnan qu'il avait employé avec elle. Pour une fois, j'appréciai le caractère de ma chère sœur.

Chantal tira Béa vers elle pour la prendre sur ses genoux. Elle se rassit et déclara :

— Béa, ces messieurs sont venus rencontrer Julia...

— Pour la faire chanter ?

Sean Thomas ricana, mais son assistant, lui, demeura de glace. Il n'avait pas ouvert la bouche depuis son arrivée. Peut-être était-il muet ? Je supposai que l'on pouvait très bien travailler dans une maison de disques et être muet, mais évidemment, il ne fallait pas être sourd. Là, ça poserait problème.

— Tu ne crois pas si bien dire, déclara Sean Thomas.

Cette fois-ci, je me raidis. J'arrêtai de me passer des commentaires idiots et lui accordai toute mon attention.

— Quoi ? l'interrogeai-je.

— Béatrice, je peux t'appeler par ton prénom ? demanda-t-il à ma sœur, qui lui répondit d'un énergique hochement de tête. J'ai une proposition à faire à ta sœur. Nous sommes ici pour lui offrir de signer un contrat avec nous, crois-tu qu'elle va vouloir ?

Avez-vous déjà ressenti une sensation de bonheur qui se répand dans tout votre corps, une onde de chaleur et de joie qui vous empoigne de l'intérieur ? Je tournai la tête vers ma mère, qui me regardait en souriant et en secouant légèrement la tête, comme pour acquiescer à ce qu'il venait de dire.

— Tu étais au courant ? lui demandai-je.

— Je le sais depuis quelques jours, me répondit-elle. Si tu savais comme ç'a été dur de garder le secret, de me taire !

— Vous voulez signer un contrat avec moi ? m'écriai-je.

— La maison de disques, oui. J'ai été très impressionné par ta voix lors de l'audition, et j'avais en tête de te faire enregistrer ton premier disque. Mais je devais avant mener à terme les auditions. Le processus de sélection de la comédie musicale me laissait bien peu de temps pour me pencher sur ton cas. Je savais cependant qu'une fois que *Roméo et Juliette* serait montée et que les répétitions seraient en route, je pourrais me lancer dans ce nouveau projet qui me tenait à cœur. J'ai présenté l'extrait de l'audition que tu as passée et qui était filmée à mes associés, et ils ont été tout aussi emballés que moi à l'idée de te prendre chez nous. Alors, je te le demande plus officiellement : accepterais-tu de signer ton premier contrat de disque avec la compagnie Beatbox ?

Sans rien dire, mais en pleurs, je bondis de mon fauteuil pour me jeter dans ses bras.

— *Oh my God...* ouiiiiii ! J'attends ce moment depuis toujours !

CHAPITRE 9

Après cette incroyable nouvelle, ce surprenant revirement, vous voyiez déjà mon nom en haut de l'affiche, je me trompe ? Eh bien, les choses ne furent pas aussi simples. Avant d'endisquer, je devais travailler, et pendant des semaines, je ne fis que suivre des cours de chant, mais avec un spécialiste, un professionnel de renom. Mon horaire était réglé comme du papier à musique et je passais le plus clair de mon temps à répéter, répéter et répéter encore. Je faisais des vocalises du matin au soir, au point d'en être épuisée et carrément écœurée. Non seulement je suivais des cours de chant, mais je m'initiais également à la danse, à la lecture de la musique et même à l'écriture de chansons. Il était aussi question que j'apprenne à jouer d'un instrument.

Sean m'avait expliqué qu'aujourd'hui les chanteurs et ceux qui réussissent dans ce domaine doivent avoir de solides bases musicales, que je ne

pouvais pas juste me contenter d'être une inter-
prète. Je devais, m'assurait-il, mettre tous les
atouts de mon côté si je voulais réussir et surtout
rester. Et il fallait du temps pour bien préparer
son entrée dans ce milieu. Un artiste bien préparé assurait ses arrières pour ne pas se retrouver
hors du ring dès le premier coup de poing ! Sean
me répétait très souvent que la compétition était
féroce.

Je m'étais figuré, comme vous, j'imagine,
qu'à la signature du contrat, j'allais endisquer
le lendemain et que la semaine suivante les
journalistes s'entretueraient pour obtenir mes
premières entrevues, et qu'enfin le succès allait
me tendre les bras. Que mon chemin était tout
tracé et qu'il menait en ligne droite aux plus
grandes scènes du monde… Eh bien non ! En
réalité, j'étais loin, très loin de ça. Chaque fois
que j'en parlais ou que je me plaignais à Sean, il
me répondait en souriant que je devais travailler
et me montrer patiente. Que l'on ne devient pas
numéro un par magie et encore moins en signant
un contrat. « Le travail, le travail et le travail »,
me répétait-il constamment. Et il ajoutait toujours sur un ton léger (il m'énervait un peu dans
ces moments-là) que tous ceux qui avaient réussi

dans ce milieu et dans la vie avaient trimé dur pendant des années avant de connaître la gloire.

Cette réalité me déprimait : des années !!! Il me serait impossible d'attendre jusque-là. Je me voyais déjà vieille, obligée de me déplacer sur la scène à l'aide d'une canne !!!

— Julia, tu dois apprendre, tu dois travailler et tu dois te préparer... Tu n'es pas encore prête.

Voilà ce qu'il me répétait chaque fois que je le croisais, c'en devenait accablant !

Je faisais donc des allers-retours entre Montréal et chez moi plusieurs fois par semaine. Mes parents avaient émis une condition à la signature du contrat : je devais continuer l'école et y réussir. Ma moyenne ne devait pas être affectée par mes différentes occupations. Sean les avait aussitôt tranquillisés à ce sujet. Ayant lui-même des enfants, il avait assuré à mes parents qu'il comprenait très bien la chose.

Comme vous l'avez constaté, je parle de mes parents comme s'ils étaient ensemble, mais ne vous y trompez pas, ils ne formaient pas de nouveau un couple. Pour les besoins du moment, ils constituaient un duo que je qualifierais d'équipe. Je voyais plus souvent papa, qui venait régulièrement à la maison, car Chantal et lui se partageaient la tâche de me conduire à Montréal trois fois par semaine.

Lorsque Michel apprit que la compagnie de disques Beatbox souhaitait me prendre dans son écurie (quelques jours avant que je ne sois mise au courant), sa joie, paraît-il, fut à son comble. Il avait toujours espéré secrètement qu'un de ses enfants partage un jour sa passion pour la musique. Béatrice était encore jeune et les jumeaux encore plus. Que je signe avec une des plus grosses maisons de disques d'Amérique du Nord le rendait très fier de moi et il ne le cachait pas.

Nos liens s'étaient resserrés et cette nouvelle situation avait aussi eu des retombées sur ma diablesse de sœur. La présence plus constante de Michel avait des effets bénéfiques sur elle. Évidemment, ça ne faisait pas l'affaire de tout le monde. Sa femme ne voyait pas ça du même œil, car il passait moins de temps chez lui et il lui arrivait même de dormir à la maison lorsqu'il était trop fatigué pour reprendre la route. Mais je n'en éprouvais aucun remords. Ça faisait des années qu'elle l'avait à elle seule, elle pouvait bien le partager un peu ! Nous méritions aussi, je pense, que notre père passe un peu plus de temps avec nous.

Ce qui me chagrinait le plus dans cette aventure, parce que bien sûr les choses ne sont jamais parfaites, c'est que j'étais moins disponible pour mes amis. Nous gardions le contact à l'école évidemment et par Facebook, mais je ne pouvais plus aller les rejoindre à tous moments, chaque fois que je l'aurais voulu. Nous parvenions tout de même à faire quelques sorties au cinéma ou ailleurs. Et ce fut justement lors d'une de ces rencontres, alors que nous avions prévu d'aller regarder des films chez Sara, que Marc-Olivier me dévoila quelque chose qui me laissa stupéfaite. Il était passé me prendre chez moi et nous devions ensuite aller chercher Geneviève, puis nous rendre chez Sara. Kevin, lui, nous rejoignait là-bas avec des pizzas.

— Nous nous voyons moins depuis quelque temps et… tu me manques, Julia.

— Ouep ! Vous me manquez aussi, mais je fais mon possible pour vous voir…

Mon ami marqua un temps, je sentais bien qu'il tentait de me dire quelque chose, mais qu'il ignorait comment aborder le sujet.

— Oui, c'est vrai que tu nous manques… répéta-t-il, mais, Julia… tu me manques un peu plus qu'aux autres.

Là, je fronçai les sourcils, n'étant pas certaine de vouloir comprendre ce qu'il cherchait à dire, et pourtant, c'était on ne peut plus clair ! Pour être franche, je me doutais de ses intentions, je ne suis pas complètement stupide, je les devinais, il était si mal à l'aise que son attitude parlait à sa place. Mais je sentais grandir en moi une crainte, une appréhension. J'espérais me tromper.

— Que veux-tu dire par là ?

Il regarda par-dessus mon épaule, comme s'il souhaitait y percevoir la réponse. Nous nous trouvions maintenant chez Gen, devant sa porte. Elle nous avait demandé de l'attendre, car elle n'était pas prête. Nous avions décidé de demeurer dehors, pour profiter de cette splendide journée et de toute la neige qui était tombée depuis une dizaine d'heures. Le paysage, les arbres et les maisons croulaient sous un épais manteau blanc. C'était vraiment magnifique, féerique.

Soudain, son regard glissa vers le mien. Pour la première fois depuis que je le connaissais, depuis toutes ces années, je ressentis quelque chose d'étrange en l'observant. Comme si je le découvrais pour la première fois. Il ne me regardait pas comme d'habitude, une lueur différente illuminait ses yeux. Je réalisai alors qu'il était très beau, avec ses yeux pers et ses cheveux châtains qui s'échappaient de sa tuque O'Neill. Son regard se fit plus intense. Sans rien dire, mais avec ce qui devait être, je n'en doutais pas, un grand courage, il se pencha sur moi pour déposer un doux baiser sur mes lèvres. Il recula son visage de quelques centimètres, me fixa de nouveau comme s'il cherchait à savoir s'il pouvait continuer. Voyant que je ne le repoussais pas, il s'approcha de nouveau et nous nous embrassâmes.

Voilà ! C'est bien ce qui me faisait peur, ma crainte était justifiée ! J'étais incapable de bouger ni de réagir. Je compris alors que j'aimais beaucoup le contact de ses lèvres sur les miennes et qu'en réalité il me plaisait énormément. Il était d'une infinie tendresse et, voyant que je ne me défilais toujours pas, il me prit dans ses bras et m'embrassa avec plus d'intensité.

La porte s'ouvrit brusquement sur Gen. Elle nous dévisagea en ouvrant les yeux aussi grands que possible, visiblement ahurie de nous trouver ensemble, dans les bras l'un de l'autre. Aussitôt, je m'écartai de Mo tout en replaçant mon écharpe et ma tuque.

Elle referma la porte derrière elle avec lenteur, comme pour se donner le temps d'assimiler la vision qu'elle venait d'avoir.

— Vous sortez ensemble ? demanda-t-elle enfin, en se tournant vers nous.

Marc-Olivier me fixa un instant comme pour voir ma réaction, puis il répondit à notre amie par un bref hochement de tête.

Geneviève, magnifique et si romantique, ferma les yeux un instant et je sus alors, je compris tout de suite qu'elle était amoureuse de Marc-Olivier. C'était d'une telle évidence. Elle l'avait toujours été.

Comment avais-je pu être aussi aveugle ? Depuis le temps que je la connaissais, j'aurais dû le savoir, tous les indices étaient pourtant là. Les regards, les petits mots, les blagues, toutes les fois où elle cherchait à s'asseoir à ses côtés au cinéma, au restaurant ou dans l'autobus. Une grande gêne se propagea en moi, je me sentais si mal. J'eus envie de fuir en courant, quitter au plus vite les lieux de ce drame, car c'était bien un drame qui se jouait là.

Instinctivement, je reculai de quelques pas pour les regarder tous les deux. « Ils iraient si bien ensemble, pensai-je, je devrais me retirer de cette histoire qui n'a pas encore commencé et leur laisser une chance de se découvrir. » Je ne pouvais pas sortir avec Marc-Olivier, c'était impossible et, d'ailleurs, je n'en avais pas le temps ! Non, cette histoire n'était pas pour moi, elle leur appartenait. Je décidai de la leur laisser.

— Euh… je pense que je n'irai pas chez Sara, je ne me sens pas très bien… Allez-y, vous deux…

Mo allait protester, mais je lui coupai la parole.

— On se voit demain… C'est mieux comme ça.

Sans rien ajouter, et surtout, sans attendre de réponse de leur part, je m'éloignai rapidement, pressée de rentrer chez moi. Ce ne fut qu'une fois rendue dans ma chambre, seule et allongée sur mon lit, que je me mis à pleurer.

Mes larmes étaient évidemment la conséquence d'une multitude d'émotions que je vivais depuis plusieurs semaines. Tant d'événements s'étaient bousculés dans ma vie ces derniers mois, ce qui venait de se produire n'était que l'élément déclencheur de mes pleurs. La comédie musicale, le refus, la signature avec Beatbox, mes cours, mon horaire de dingue et maintenant s'ajoutait cette nouvelle péripétie : mon ami venait de m'embrasser. Mon

Mo. Celui que je connaissais depuis toujours. Presque mon frère.

Je comprenais soudainement pourquoi il avait si souvent fait fuir les garçons qui m'approchaient de trop près et les téméraires qui m'avaient proposé de sortir avec eux. Il éloignait mes amoureux afin de me garder pour lui... Et Geneviève. Ciel! Geneviève était amoureuse de lui... La déception dans son regard lorsqu'elle nous avait vus devant sa porte. La peine que j'avais perçue dans ses yeux lorsqu'elle avait compris que Marc-Olivier et moi nous étions embrassés.

Je passais en revue les derniers moments que je venais de vivre et cette nouvelle réalité m'attristait au plus haut point. J'avais l'impression d'avoir perdu quelque chose d'important.

Ma vie défilait si vite, même ce que je croyais immuable et stable se mettait à changer autour de moi. Pourtant, j'avais tant besoin de ce port d'attache, de la constance qu'étaient mes amis, mais je réalisais que ces amitiés étaient elles aussi en mutation. Bref, que c'était la vie. Ça ne me plaisait pas.

Je demeurai longtemps dans ma chambre, jusqu'à ce que j'entende les pas de Chantal dans l'escalier et ses deux petits coups frappés à ma porte.

— Ah ! tu es là ? Je m'étonnais de voir ton manteau dans l'entrée, ne devais-tu pas aller passer la soirée chez Sara ?... Ça ne va pas ?

Trois questions, je devais donc fournir trois réponses, mais je me contentai de marmonner :

— J'avais plus envie !

Les sourcils de Chantal prirent l'apparence de deux accents circonflexes, comme ceux d'un clown. Ma réponse l'intriguait, de toute évidence. Elle quitta l'encadrement de la porte pour s'asseoir sur le bord de mon lit.

— Tu n'en avais plus envie ? Ça me surprend énormément, ce que tu me dis là... Que se passe-t-il ?

— Rien. Je suis fatiguée, c'est tout.

— Oui, je comprends. C'est vrai que tu as depuis plusieurs semaines un emploi du temps très chargé entre l'école, tes déplacements à Montréal, tes cours de chant... Mais tu ne me feras pas croire que tu n'as pas envie de voir tes amis, pas à moi, Julia.

Je poussai un profond soupir, j'hésitai un instant et finis par demander :

— Les choses bougent-elles tout le temps, est-ce toujours ainsi ?

— J'aurais tendance à répondre oui, mais ça dépend, bien évidemment. À quoi tu fais référence ?

— Pourquoi la vie et les êtres ne restent-ils pas comme on les connaît, stables et permanents ?

Je voyais bien que Chantal ne suivait pas ma pensée, qu'elle ne comprenait pas où je voulais en venir, et je dois avouer que, moi-même, j'avais du mal à me retrouver dans ce questionnement, disons, existentiel. Elle me regardait en silence, attendant que je poursuive.

Je pris le temps de réfléchir, puis je lui confiai simplement :

— J'aimerais que les choses restent ce qu'elles sont ! Que les amis ne changent pas, que les parents ne divorcent pas et que les rêves conservent leur magie...

Chantal se mordit la lèvre inférieure tandis qu'un demi-sourire éclairait son visage.

— Hum, oui, oui, je comprends maintenant de quoi tu parles. Effectivement, la vie, les choses et les gens sont perpétuellement en mutation. Mais, ce que tu souhaites là, ma Julia, est impossible... Tout bouge, tout est en mouvement, c'est une loi de l'univers... Heureusement que c'est ainsi !

— Mais je ne le souhaite pas...

— Peut-être, mais c'est comme ça, ma poulette. Il est clair que personne n'aime réellement les changements, surtout quand on n'y est pas préparé, quand on ne s'y attend pas et que ce qui nous semblait alors parfait prend un autre visage. Les enfants n'aiment pas voir leurs parents divorcer, on n'aime pas voir nos amis de vieille date partir, faire leur vie, se marier, avoir des enfants à leur tour, les parents n'aiment pas voir leurs enfants grandir et quitter la maison et l'on n'aime pas non plus voir notre corps vieillir… mais c'est ainsi. C'est le cycle de la vie, on n'y peut rien. D'ailleurs, quand on y pense bien, si les choses étaient fixes et éternelles, elles ne nous pousseraient pas à aller de l'avant…

— Est-ce bien nécessaire d'aller de l'avant ?

— Je crois que c'est naturel, on en veut toujours plus. Imagine un peu si les gens restaient toujours les mêmes, nous nous ennuierions… Nous nous lassons si vite, c'est dans la nature même de l'être humain. Bien sûr, il est réconfortant de voir autour de soi toujours les mêmes gens, mais la vie nous pousse, et les pousse eux aussi, en avant. Nous nous transformons parce que nous sommes en vie, tout comme ceux qui nous entourent. C'est ainsi ! Les changements ne sont pas toujours synonymes de tristesse, ils sont très souvent bénéfiques… C'est une évolution. Et même si les gens changent, quelque chose de ce qu'ils sont à l'intérieur demeure, généralement. Tes amis changent, toi aussi, mais je suis persuadée que vous vieillirez ensemble, même si de temps à autre la vie vous éloignera les uns des autres. Vous vous retrouverez.

Chantal marqua une pause, puis me demanda :

— Que s'est-il passé ?

J'hésitai. J'étais très ouverte avec Chantal, nous étions très proches et je n'avais aucune réticence, habituellement, à lui confier mes états d'âme, mais j'ignore pourquoi, je me sentais moins disposée à lui dire ce qui me turlupinait. C'était peut-être parce qu'elle connaissait elle-même Marc-Olivier depuis tellement longtemps, et parce que j'avais la désagréable impression d'avoir fait quelque chose de mal… Pourtant ! De toute manière, si je ne lui en parlais pas, elle finirait bien par le savoir.

— Mo m'a embrassée…

Chantal hocha la tête et ne sembla guère surprise par ce que je lui annonçais, alors que moi, j'étais encore sous le choc.

— Tu ne sembles pas étonnée, lui dis-je.

— Pas vraiment, répondit-elle. J'ai des yeux pour voir.

— Tu avais vu ça ?

— Disons que je me doutais qu'il t'aimait bien. Il arrive toujours le premier pour pouvoir passer quelques minutes en ta compagnie avant que les autres arrivent, et puis, il prend régulièrement de tes nouvelles par téléphone au lieu de passer par MSN ou les textos. Cela me dit qu'il préfère entendre ta voix plutôt que de recevoir un courriel dépourvu d'émotions...

J'approuvai à mon tour par des petits coups de tête, réalisant alors que ma mère avait tout à fait raison. Comment se faisait-il que je n'avais rien vu avant ? Je lui posai la question.

— Parce que tu étais trop obnubilée dans un premier temps par cette comédie musicale, ensuite par ta déception, que tu as traînée un bout de temps derrière toi, et pour finir, par ce que tu vis depuis plusieurs semaines... Ta vie est assez mouvementée, tu te donnes beaucoup et malgré tes horaires, tu tentes de garder des liens avec tes amis. Ce qui est tout à ton honneur, soit dit en passant.

— Oui, mais avant ?

— Avant ? Eh bien, je suppose que tu ne voyais en lui qu'un bon ami d'enfance, presque un demi-frère... Vous êtes nés le même jour, avez partagé la même pouponnière, êtes allés dans la même garderie, dans les mêmes classes... Marc-Olivier fait partie de ta vie depuis tes premières heures, il est normal que tu le considères comme ton frère. Je suis certaine même que tu éprouves un malaise du fait qu'il t'a embrassée...

J'acquiesçai d'un signe de tête.

— C'est compréhensible, tu le connais tellement... Mais, Julia, Marc-Olivier n'est pas ton frère, ni ton demi-frère, ni même un cousin éloigné. Vous n'avez aucun lien de parenté, vous n'êtes que des amis, de très bons amis, mais des amis tout de même, tu comprends ?

Je continuais d'approuver de la tête, un peu trop intimidée pour répondre en mots, comme si ce qu'elle me disait touchait quelque chose de très, très intime. Ça me gênait et je ne cernais pas très bien pourquoi. Sans m'en rendre compte, je triturais machinalement le cordon de la capuche de mon pull. Mais j'étais décidée à y voir clair et je m'ouvris à ma mère.

— C'est sûr que je me sens un peu mal à l'aise en pensant à ce que tu viens de dire et au fait que

Mo m'a embrassée, mais ce qui m'embête le plus dans tout ça, c'est que j'ai découvert au même moment que Gen, elle, est amoureuse de lui. Lorsque Mo m'a enlacée, nous étions devant chez Geneviève, nous l'attendions, mais dès qu'elle est sortie, elle nous a vus. C'est là, dans son regard, que j'ai compris qu'elle était éprise de lui. En un instant, j'ai également compris que toute notre amitié venait de prendre un nouveau virage. Je découvrais les vrais sentiments de Marc-Olivier pour moi et ceux de Geneviève pour lui... Plus rien ne sera comme avant, c'est clair !

— Oui, c'est sûr ! Vos liens vont inévitablement changer, vous allez devoir redéfinir les rapports entre vous, mais je pense que votre amitié y survivra. Ce que vous traversez fait partie de la vie, c'est normal... Mais pour en revenir à ce qui s'est passé chez Geneviève, qu'as-tu fait par la suite ?

— Rien. Je suis partie, je les ai laissés ensemble.

— Pourquoi ?

— Parce que je crois qu'ils sont faits l'un pour l'autre...

Chantal me regarda d'un air que je ne lui connaissais pas. Ses yeux exprimaient de la curiosité mêlée d'interrogation.

— Hum, hum ! C'est ce que tu crois, qu'ils sont faits pour aller ensemble, hein ? Mais qu'en pense Marc-Olivier, lui ? Lui as-tu demandé quels étaient ses sentiments pour Geneviève ? me demanda-t-elle.

Je secouai la tête.

— Alors, tu devrais le faire. Ne crois-tu pas qu'il a son mot à dire ? Tu ne peux le pousser dans les bras de Geneviève, si c'est avec toi qu'il veut être. Même si elle est amoureuse de lui, si lui ne l'est pas d'elle, ça ne fonctionnera pas, quand bien même tu t'éclipserais de leur existence pour aller vivre ailleurs !

Je ne répondis rien. Chantal m'observait attentivement comme un chercheur dans un laboratoire étudie les réactions d'un rat devant un problème donné !

— Et toi ? lança-t-elle.

Je levai le regard vers elle.

— Moi ?

— Oui, toi ! Quels sont tes sentiments pour lui ?

Je dévisageai soudain ma mère avec des yeux aussi ronds que des pièces de deux dollars ! Mes sentiments pour Marc-Olivier ? J'avais, certes, ressenti quelque chose de très agréable lorsqu'il m'avait embrassée, mais de là à éprouver des « sentiments »… Je l'ignorais. Mo était mon ami et je l'aimais, bien sûr, mais mes sentiments à son égard me semblaient purement et simplement amicaux. Je dirais même qu'il s'agissait d'une combinaison à parts égales de fraternité et d'agacement. Car, par moments, il me portait réellement sur les nerfs. Ça, j'en étais certaine, mais à part ça???

Je haussai les épaules.

— Ben, c'est un ami, comme Kevin est mon ami, ou encore, Sara et Geneviève. Je ne vois pas de différences entre eux et je les aime de façon égale… Du moins, je le pense… fis-je en fronçant les sourcils, comme si soudain je doutais de mes paroles.

Chantal se leva.

— Tu devrais peut-être analyser ce que tu ressens exactement pour lui, me conseilla-t-elle. J'ai l'impression que tu n'en es pas consciente, mais à mon avis, Marc-Olivier représente plus à tes yeux que tu ne te l'avoues réellement.

— Pourquoi dis-tu ça ? m'écriai-je soudain avec impatience, comme si j'étais piquée au vif par cette affirmation.

— Parce que, dans le cas contraire, tu ne te poserais pas toutes ces questions et cette histoire ne te remuerait pas autant. Tu es rentrée depuis un bon bout de temps, tu te terres dans ta chambre et tu pleures… Tout cela ressemble bien plus à une peine d'amour qu'à une discorde amicale !

Ma mère passa la porte, puis ajouta sur un tout autre ton :

— J'étais venue voir si tu étais là, car le souper est prêt ! Ça, c'est une chose immuable, qui ne bouge pas et qui est toujours réconfortante, lança-t-elle en souriant, et en se sauvant aussitôt.

J'ignore pourquoi, mais cette conversation me mit en rogne. Je descendis rejoindre ma mère et ma sœur, mais demeurai silencieuse la majeure partie du repas. Béa questionna à plusieurs reprises Chantal pour savoir pourquoi je faisais la tête, et chaque fois notre mère lui répondit que j'avais une migraine. Mais la petite peste ne semblait pas convaincue, elle me dévisageait en plissant ses petits yeux verts (elle aussi), comme si elle tentait de lire mon âme. Je me demandais en la regardant faire si elle pouvait déchiffrer mes sentiments : voyait-elle si j'étais amoureuse ou non de Marc-Olivier ?

J'avais besoin de réfléchir à ce qui se passait dans ma vie, côté sentiments. Encore une fois, je regrettais ces moments pas si lointains où nous n'avions pas ce genre de préoccupations. Je repensais déjà avec nostalgie à ces années passées où l'amitié était tout ce que nous partagions et tout ce qu'il fallait pour nous combler.

CHAPITRE 10

Je rencontrai Marc-Olivier le lendemain. Je lui avais donné rendez-vous chez moi vers les seize heures, car je souhaitais réellement tirer au clair toute cette histoire. J'avais très longuement réfléchi à tout ça et j'en étais venue à une conclusion, ou plutôt, à une évidence que je ne pouvais plus nier.

Il se tenait debout devant moi dans l'encadrement de la porte et, par un effet vraiment incroyable, la lumière du jour qui baissait mettait en évidence l'éclat de ses yeux pers. Je l'observais et le trouvais vraiment très beau, comme si je le voyais pour la première fois. Pourtant, je connaissais son visage depuis toujours ! Elle semble vraie, cette affirmation sur le regard nouveau que l'on porte sur tout lorsqu'on aime. Oui, je crois que j'étais amoureuse de lui. En fait, j'en étais certaine. Ce baiser avait éveillé en moi des sentiments que j'ignorais. Mais avant

tout je devais savoir ce que lui attendait de moi,
et quels étaient ses sentiments pour Geneviève.

— Je ne sais pas trop quoi dire, en réalité…
lançai-je au hasard, en espérant qu'il entame-
rait la conversation, car je me sentais un peu
intimidée.

— Dis-moi, pourquoi m'as-tu demandé de
passer ?

— Oui, oui, c'est ça, commençons par ça…
Euh, je veux savoir quels sont tes sentiments
pour Geneviève.

J'étais étonnée de la franchise de ma question, mais c'était bien ce que je voulais : tirer les
choses au clair !

— Les mêmes que pour Sara et Kevin, ceux
d'une amitié profonde et sincère.

— À entendre ta réponse, je vois que tu as
déjà analysé la situation et que tu as déjà fait le
tour du sujet !

— Oui, ça fait longtemps que j'y réfléchis…

— Longtemps ?

— Julia, ça fait des années que je suis amoureux de toi…

— Des années ?

— Oui, des années, il me semble que je t'ai
toujours aimée.

— Toujours ?

— Vas-tu répéter chacune de mes phrases encore longtemps ? me demanda-t-il, avec un petit sourire.

— Oh, je suis désolée, je suis si surprise par ce que tu me dis... Mais, pourquoi ?...

— Pourquoi je ne t'en ai rien dit avant ? Tout simplement parce que j'en étais incapable, j'étais probablement trop timide, ou peut-être parce que je ne souhaitais pas rompre les liens que nous avions, si jamais tes sentiments n'étaient pas les mêmes. Et j'ignore pourquoi, hier, j'ai senti que c'était l'occasion, que c'était le moment et que, si je ne saisissais pas cette chance, elle ne se présenterait plus jamais.

— Mais de quelle occasion tu parles ? Il n'y avait rien de différent hier...

— Oui, quelque chose de nouveau dans tes yeux... Tu m'as regardé comme jamais tu ne l'avais fait et j'ai enfin senti que je pouvais te montrer ce que je ressentais pour toi.

— Mon regard ?

— Oui, tu m'as regardé comme si tu me voyais pour la première fois, d'un regard nouveau. Tu ne voyais plus le vieil ami, mais un gars qui soudainement te plaisait !

Je hochai la tête, totalement ahurie par ce qu'il me disait. Je n'en revenais pas de l'assurance qu'il avait, jamais je n'avais vu ça chez lui, du moins, pas comme ça.

— Tu sembles bien sûr de toi, lui lançai-je.

— Oui, je le suis, car je sais maintenant que tu es amoureuse de moi.

Cette fois, j'éclatai de rire.

— En tout cas, tu ne manques pas d'audace! Je ne te connaissais pas sous cet angle.

— J'ai toujours douté jusqu'à hier, et aujourd'hui, ma présence ici me confirme que tu es tombée amoureuse de moi, sinon tu n'aurais pas insisté pour me voir. Tu m'aurais plutôt poussé dans les bras de Gen...

Il avait totalement raison. Ciel! Je m'étonnais de voir à quel point les choses paraissaient simples, présentées ainsi! Il y a des gens comme ça, qui semblent toujours si sûrs de leurs décisions, qui n'affichent jamais de doutes pour présenter leurs opinions. Marc-Olivier me regardait toujours en souriant et sa beauté me frappa de nouveau. D'un geste tendre, il replaça une mèche de mes cheveux avant de caresser ma joue de sa main. Je fermai les yeux. Je sentis alors ses lèvres se poser sur les miennes, scellant ainsi de ce sceau unique le début de notre histoire d'amour.

Nous passâmes toute la soirée ensemble, enlacés étroitement, mais malgré ces moments de grâce, je ne pouvais m'empêcher de penser à mon amie, à notre amie : Geneviève. D'un commun accord, nous décidâmes que le lendemain nous irions la trouver pour lui exposer les faits.

Je mis beaucoup de temps à m'endormir cette nuit-là, réfléchissant sans cesse à ce que j'étais en train de vivre. Je sortais maintenant avec Mo, notre relation s'était transformée, passant de l'amitié à l'amour. Curieusement, je n'en étais pas si étonnée que ça. Peut-être qu'inconsciemment, j'avais pressenti ce qui devait arriver. Ce qui me préoccupait beaucoup là-dedans, c'était la réaction de Gen. Allait-elle accepter notre relation ? La chose était loin d'être évidente.

◆

Geneviève avait pleuré. En l'écoutant sangloter, j'avais été si mal à l'aise que je m'étais mise moi-même à pleurer. Sara était là aussi et je voyais bien dans son regard qu'elle était désolée. C'était Marc-Olivier qui avait expliqué la situation à Geneviève. Il lui avait dit avec la plus grande sincérité qu'il n'était pas amoureux d'elle et qu'il lui souhaitait le plus grand des bonheurs. Il avait été aussi direct, aussi assuré qu'il l'avait été avec moi la veille. Geneviève avait fini par se lever, et avait quitté la pièce sans dire un mot. Sara l'avait aussitôt rejointe et elles étaient parties ensemble, emmitouflées dans leurs chauds manteaux d'hiver, perdues dans leurs écharpes qui cachaient à la face du monde toute cette peine qu'elles vivaient. Pour Geneviève, c'était la perte d'un amour espéré ; pour Sara, celle d'une très longue amitié, car nous savions tous que les choses ne seraient plus jamais pareilles. Dans nos vies, une page avait été tournée.

L'année qui venait de s'écouler avait été pour moi celle de tous les changements. Pourtant, ces expériences m'avaient fait grandir et permis d'acquérir de l'assurance. J'entrais maintenant dans une nouvelle phase de ma vie avec joie, prête à relever tous les défis qui se présenteraient. Malgré mes appréhensions, tout allait pour le mieux.

•-•

Je gravis les quelques marches qui menaient vers l'estrade et me retrouvai dans un espace restreint, clos et noir, antichambre de la scène et de ce qui se déroulait de l'autre côté du rideau fermé. Lieu où la retenue, le recueillement et la concentration étaient de mise, tant et aussi longtemps que le lourd rideau de velours rouge n'était pas levé. Lorsque celui-ci s'écarterait et que la lumière donnerait vie à l'espace, on passerait de la retenue à la démesure et à l'exhibition. Cet étroit palier s'ouvrirait alors sur le monde. Nous passerions de l'ombre à la lumière. Me tenir dans ce lieu particulier, interdit au public, me faisait vivre chaque fois un grand sentiment d'exclusivité. Je me sentais différente et choyée, car je savais que cette occasion ne se présentait pas à tout le monde.

J'étais seule, mais, dans quelques instants, mes musiciens allaient me rejoindre et nous entrerions sur scène.

C'était devenu une habitude. J'arrivais dans les salles de spectacles avant tout le monde afin de prendre le temps de goûter ce moment particulier et ce silence. C'était ma façon à moi de mieux me préparer, de me concentrer. Seules les deux lumières indiquant la sortie de secours éclairaient l'endroit. Pendant quelques secondes, je fermais les yeux. Je me concentrais pour bien sentir les planches de bois sous mes pieds, pour sentir la scène, son atmosphère et ses odeurs uniques. De mes doigts, j'effleurais le micro en place sur son support, je touchais à mon rêve, je le ressentais jusque dans mes tripes. Je vivais cet instant avec intensité, j'en avais si longtemps rêvé.

J'y étais, enfin.

Pourtant, les mois passés avaient été ardus et il m'avait fallu ravaler mon orgueil plus d'une fois. J'avais fait mes classes, comme on dit, avec toutes les difficultés que cela pouvait impliquer. J'avais découvert que le métier de chanteuse n'était pas facile et que l'on n'accédait pas au sommet simplement parce qu'on le souhaitait. Qu'il fallait travailler et travailler encore, et j'avais travaillé, très dur. Le plus difficile, ce n'était pas de produire l'effort exigé, mais d'avoir si souvent à mettre de côté mon orgueil. Mes premiers spectacles m'avaient alors semblé grotesques, tenant plus du *freak show* que de l'art de la scène, me donnant l'impression que l'on cherchait constamment à me rabaisser. L'expérience avait été pénible et je faillis plus d'une fois tout abandonner. Sean, mon producteur, me répétait qu'il n'en était pas question, que je devais passer par là, que ça faisait partie de l'apprentissage. Moi, je n'en voyais pas la nécessité. Combien de fois suis-je rentrée à la maison en pleurs, en hurlant que j'allais laisser tomber ? Mais à chaque nouveau contrat de spectacle que me proposait la compagnie de disques, j'y retournais. Était-ce de l'obstination ou était-ce parce que, inconsciemment, je savais que c'était ce que je devais faire ?

Je n'en sais rien, mais aujourd'hui, je sais par contre que j'ai beaucoup appris et que je suis ce que je suis grâce à cet apprentissage.

Le tout premier spectacle que j'ai donné eut lieu lors d'une soirée de bingo dans le sous-sol d'une église… eh oui !

Bonjour, mes rêves de grande vedette internationale !!!

Je m'en souviens comme si c'était hier et je pense que je garderai ce souvenir en mémoire jusqu'à mon dernier souffle. Je revois encore mon expression incrédule lorsque Sean m'emmena dans les lieux. Je croyais en arrivant à l'église que j'offrirais une représentation devant un public qui avait payé pour me voir ! Il m'était déjà arrivé d'assister à des spectacles dans ce genre d'endroit, je n'étais donc pas vraiment surprise que mon premier *show* se fasse là, après tout, je débutais! Mais quelle ne fut pas ma déception quand je compris que je m'étais trompée. Lorsque Sean, le sourire aux lèvres et l'air moqueur, m'ouvrit la porte et que je vis cette immense salle aux lumières crues, remplie d'hommes et de femmes d'un certain âge, qui se tournèrent dans notre direction en nous scrutant de leurs petits yeux, je crus que j'étais le sujet d'une mauvaise blague. Mais ce n'en était pas une. Mon agent me désigna une estrade en me tendant un micro, me faisant comprendre que c'était à moi, maintenant. Il se dirigea derrière la scène et inséra un disque compact dans le lecteur. Je chanterais en direct sur une musique préenregistrée des chansons connues!!! Ouep!

Tout un début de carrière!!!

Je demeurai quelques instants sans voix, muette de stupeur et d'incompréhension. Du coin de l'œil, je vis Sean me faire un signe de la main, m'invitant à commencer, tandis que les gens continuaient à jouer au bingo sans se soucier le moins du monde de ma présence. Jamais je n'avais ressenti ce que je ressentis ce soir-là. Un mélange de honte et de désespoir. Misère!

166

— Je ne veux pas chanter ici… avais-je murmuré à mon agent en m'approchant de lui, et en lui plaquant mon micro dans la main.

— Et pourquoi pas ?

— Mais enfin… ce sont des vieux !

— Et alors ? Ils n'ont pas le droit de t'entendre parce qu'ils sont vieux et qu'ils jouent au bingo ?

— Non, non… Ce n'est pas ça, mais…

— Mais quoi ?

— Mais… euh… c'est gênant…

— Gênant ? Je ne vois pas en quoi… Dis-moi, Julia, quelle différence y a-t-il entre cette salle et une autre, à part l'éclairage qui, je te l'accorde, n'est pas terrible ? avait-il dit en levant la tête vers le plafond.

— Mais c'est une salle de bingo ! m'étais-je insurgée.

— Oui, c'est vrai, ici ils jouent au bingo, ailleurs, ce sera autre chose…

— Je ne peux pas chanter…

— Bien sûr que tu le peux ! Tu vas chanter parce que c'est ton rôle, parce que tu veux devenir chanteuse et que l'endroit et le public pour qui tu vas chanter ne devraient pas avoir d'importance pour toi. Tu dois chaque fois donner le meilleur de toi-même, peu importe qui t'écoute. Ces gens sont ici pour t'entendre, ils ont payé leur entrée pour que tu touches ton cachet et, juste pour ça, tu te dois de faire ce que tu as à faire.

— Mais, c'est… quétaine !

— Et alors ? Tu ne passeras pas ta vie ici… Et tu sais, Julia, tout est relatif, tu trouves cela quétaine, alors que d'autres aiment. Ces gens semblent jouir de leur soirée, ils ont l'air d'avoir du plaisir, de s'amuser… Qui es-tu pour juger de cela ?

Je dévisageai Sean, un peu choquée, mais surtout incertaine de bien saisir ce qu'il cherchait à me faire comprendre par cet exercice. Mais j'avais retenu une chose dans ce qu'il m'avait dit : « Ces gens sont ici pour T'ENTENDRE. »

Je fixai le sol pendant un instant, une céramique tachetée de couleurs orange, noire et beige, laide comme ça ne se peut pas, puis je levai la tête vers tous ces gens qui parlaient fort et qui semblaient vraiment passer du bon temps, même en jouant au bingo. Je fronçai les sourcils et repris le micro des mains de mon agent. Je fis quelques pas sur cette minuscule scène, ma première scène, et je me mis à chanter, d'abord presque dans un murmure, puis plus vite, avec

toute la passion dont je suis habitée. Mes premières notes m'emportèrent au loin et je donnai
tout ce que j'avais.

Je compris alors que le public, quel qu'il
soit, demeure un public. Qu'il ait en moyenne
soixante-dix ans ou seize, il est là pour m'écouter.
Sean avait cherché à me faire réaliser que je devais
toujours chanter et donner le meilleur de moi-
même, à chaque représentation, peu importe
où et devant qui. Que la salle soit comble ou
qu'il n'y ait que trois spectateurs, que ce soit à
l'Olympia à Paris ou dans un bar de l'Abitibi !

C'est dans cette salle de bingo, dans le
sous-sol d'une église située quelque part dans
les Laurentides, que j'offris mon premier spectacle. Pendant de longues semaines, je fis l'expérience de ce genre de salles aux quatre coins
du Québec, dans des villes aux noms étranges,
où parfois une poignée de personnes venaient
m'écouter, et parfois, je me présentais dans des
lieux plus passants et plus animés. C'est ce que
Sean et son équipe appelaient l'apprentissage du
métier, l'abc de la scène, « selon la vieille école »,
ajoutaient-ils souvent.

Et puis vint ce jour où je me retrouvai à
donner un spectacle dans mon coin de pays. Je

crois que j'étais alors plus nerveuse que je ne le fus aux auditions de la comédie musicale *Roméo et Juliette*. Je savais que tout le monde serait là, non seulement ma famille et mes amis, mais aussi tous les gens que je connaissais et des élèves de mon école, ceux qui m'avaient vue grandir, ainsi que Mme Gariépy, que j'avais tenu à inviter. Après tout, c'est elle qui avait été témoin de mes premières notes et qui m'avait encouragée du mieux qu'elle avait pu.

Sean m'avait dit plusieurs semaines auparavant que le spectacle aurait lieu pendant le Festival de la musique de Lanaudière, dans la magnifique salle de spectacle Rolland-Brunelle. Ma première vraie salle de spectacle ! J'en étais très fière. Je savais déjà que ma bande serait là et c'était la première fois que je me produirais devant eux ; la première fois aussi qu'ils me verraient chanter sur une vraie scène. Ce qui n'était pas le cas de mes parents, qui avaient été très présents dans mes tournées dans tout le Québec. Sans eux, rien de tout cela n'aurait été possible.

J'avais maintenant mes propres musiciens et les choses allaient de mieux en mieux pour moi, au point où le mois suivant, il était prévu que j'entre enfin en studio pour enregistrer mon tout premier disque.

Mon rêve !

Après tant de mois de travail, j'allais finalement enregistrer les chansons écrites spécialement pour moi ; aujourd'hui, je les présentais pour la première fois devant un public. Et pas n'importe lequel. Je savourais ce moment et la victoire d'être arrivée là, alors que j'étais encore dans les coulisses, derrière la scène. Dans quelques instants, je passerais devant le rideau et je me lancerais dans le vide.

Dans une ouverture des tentures de velours rouge, je voyais les gens arriver, certains cherchaient leur place, d'autres discutaient en chuchotant. La salle se remplissait tranquillement et je reconnus dans la première rangée mes amis : Sara, Kevin, Geneviève et Marc-Olivier. À côté d'eux s'étaient déjà installés Chantal, Béatrice, Michel et sa femme, les jumeaux, et plein d'autres gens que je connaissais, des oncles, des tantes, des cousins et autres. Ma nervosité était à son comble, jamais encore je n'avais éprouvé ça ! Sean me vit et vint me prendre les mains.

— C'est le test ultime que de chanter devant ceux que l'on connaît, dit-il, car tu sais, au fond de toi, que tu devras donner une performance plus grande encore que tout ce que tu as fait à ce jour. Voilà un moment qui demeurera gravé en toi. Peu importe si tu fais carrière ou non dans la chanson, peu importe si tu deviens une star in-ter-na-tio-na-le (il me lança un clin d'œil), ce moment sera à jamais le plus fort. Ta carrière débute réellement ce soir. À toi de prouver à tous ces gens qui te connaissent depuis toujours que tu es maintenant une vraie chanteuse, et non plus la gamine qu'ils ont connue et qui s'amusait à imiter ses idoles devant le miroir. Je crois en toi, Julia, depuis ce premier instant où je t'ai vue à l'audition pour *Roméo et Juliette*. À toi maintenant de poursuivre la route, à toi de me montrer que j'ai eu raison, que mon instinct ne m'a pas trompé.

Je le regardai avec émotion et il écrasa une larme sur ma joue.

– Attention à ton maquillage…

Il avait été jusqu'à présent un mentor parfait, je lui faisais totalement confiance. Sean avait su faire de moi une vraie chanteuse. Pas à pas, il m'avait menée jusqu'ici, jusqu'à ce soir. Je lui en serais éternellement reconnaissante, même si parfois j'avais douté de son jugement et de la nécessité de certaines décisions. Il avait beau me tomber sur les nerfs avec son arrogance et son assurance, mon agent était certainement la personne dans ce métier en qui j'avais le plus foi. Aujourd'hui, je sais que le chemin rocailleux que j'ai suivi était nécessaire. Je n'avais pas encore atteint la gloire, certes, mais je ne doutais pas qu'elle viendrait.

Sans rien ajouter, Sean me baisa la main, puis se dirigea vers les coulisses. Je jetai un regard à mes musiciens qui me firent signe qu'ils étaient prêts. Le batteur vint me trouver et me dit :

— Ce soir est important pour toi et nous te suivons. Nous formons une équipe.

Le rideau s'ouvrit enfin. Silencieuse, je regardai un instant ma bande d'amis, saluant d'un signe de la tête Sara, Kevin et Geneviève, qui me répondit de son plus charmant sourire, mon amoureux, qui m'observait avec fierté, et ma famille que j'aimais tant. Puis, je me mis à chanter comme je ne l'avais jamais fait auparavant.

Les *flashs* des appareils photo scintillaient de tous les côtés. Devant ce public conquis, je me sentais comme une star. Je savais désormais que j'étais responsable de ma destinée et qu'il ne tenait qu'à moi de poursuivre sur ma lancée afin de voir mon rêve se réaliser.

ÉPILOGUE

Je conclus mon histoire en vous disant ceci : il faut s'accrocher à ses rêves, il faut y croire même au plus fort de la tempête, même quand les espoirs n'y sont plus, même quand on vous fait douter de vous, car c'est dans ces moments les plus sombres de votre vie qu'ils illumineront votre route.